KB253333

마정록

3

마정록

장담 신무협 장편소설

ORIENTAL FANTASY STORY & ADVENTURE

dream
books
드림북스

마정록(魔情錄) 3 상남혈사(相南血史)

초판 1쇄 인쇄 / 2012년 7월 25일
초판 1쇄 발행 / 2012년 8월 6일

지은이 / 장담

발행인 / 오영배
편집팀장 / 권용범
책임편집 / 편집부
펴낸 곳 / (주)삼양출판사 · 드림북스

주소 / 서울특별시 강북구 송천동 322-10호
대표 전화 / 02-980-2112 팩스 / 02-983-0660
편집부 전화 / 02-980-2116 팩스 / 02-983-8201
블로그 / blog.naver.com/dreambookss

등록번호 / 제9-00046호
등록일자 / 1999년 3월 11일

ⓒ 장담, 2012

값 8,000원

(주)삼양출판사 · 드림북스의 서면 허락 없이는 어떠한
형태나 수단으로도 이 책의 내용을 이용하지 못합니다.

ISBN 978-89-542-4848-8 (04810) / 978-89-542-4845-7 (세트)

마정록

3

상남혈사(相南血史)

마정록

장담 신무협 장편소설

ORIENTAL FANTASY STORY & ADVENTURE

차 례

마적록

第一章
나는 아우들이 죽는 게 싫다

살얼음판을 걷는 긴장감이 흘렀다.

누구 하나가 손가락 하나, 눈짓 한 번만 해도 와장창 깨져 버릴 것 같았다.

그 때였다.

"아, 안 돼요. 그만하세요."

헌원려려의 입에서 가늘게 떨리는 목소리가 흘러나왔다.

순간, 그토록 가공스럽던 기세가 거짓말처럼 걷혔다.

북궁천은 고개를 돌려 헌원려려를 바라보았다.

헌원려려의 눈에는 여전히 눈물이 맺혀 있었다. 그러나 그녀의 두 눈 깊은 곳에선 안타까움에 젖은 굳은 의지가 넘실

거리고 있었다.

"려려……."

헌원려려는 예상했던 대로 단화린이 바로 북궁천이란 걸 알고 가슴이 먹먹했다.

"그럴 수 없어요. 당신도 알잖아요, 되돌리기에는 늦었다는 걸……."

"아직 늦지 않았다. 지금이라도 나와 함께 돌아가면 된다."

"안 돼요, 그럴 수 없어요. 그럴 수 없어요. 흑……."

"울지 마라, 려려."

"그래요, 안 울게요. 대신 당신도 저를 울리지 마세요. 지금 상황만으로도 너무 힘들어요."

북궁천은 그녀가 자신을 거부하자 가슴이 터질 것 같았다.

"려려, 왜, 왜 나와 함께 가지 않겠다는 거냐? 내가 그렇게 싫으냐?"

"싫어서 그런 게 아니에요."

"그럼 왜 내 뜻을 거부하는 거냐?"

헌원려려는 바로 대답을 못 하고 눈꺼풀을 파르르 떨었다.

자신이 떠나면 구양우경이 가만있지 않을 것이다.

사람들은 그를 잘 모른다. 그가 얼마나 위험한 사람인지.

그가 분노하면 아이는 물론 고모와 고모부를 포함한 모두가 극도로 위험해진다.

"미안해요, 정말 미안해요."

"나는 너를 찾기 위해 모든 걸 버리고 떠나왔다. 네가 말했던 대로 대협이 되려고 노력했다. 그런데도 부족하단 말이냐? 어떻게 하면 되겠느냐? 뭐든지 말해 봐라, 려려."

헌원려려는 가슴이 미어질 것처럼 아픈 와중에도 그 말을 듣자 웃음이 나왔다.

북천의 주인이 대협이 되려고 노력했단다.

그토록 강한 패왕이!

하긴 자신을 위해 광대 짓을 서슴지 않고 하던 그라면 충분히 하고도 남을 일이었다.

그녀는 소매로 눈물을 닦으며 고개를 저었다.

"됐어요, 그 정도면 됐어요. 부족한 것은 없어요. 하지만…… 지금 당신을 따라갈 순 없어요."

북궁천은 입을 꾹 닫고 헌원려려를 응시했다.

눈물을 닦고 고개를 든 그녀는 서서히 예전의 모습을 되찾아 가고 있었다.

세상의 온갖 보화와 명예에도 꿈쩍을 않던 여인, 천하를 준다 해도 싫다던 여인. 북천의 주인에게 낮은 곳에 서서 대협이 되라던 그때의 그 간덩이 부은 여인이.

북궁천은 이를 악물고 허공을 노려보았다.

“너를 얻는다는 게 정말 어렵구나. 너무 어려워. 천하를 얻는 것보다도 더……..”

“미안해요.”

북궁천은 미안하다는 말을 듣고 묘한 표정을 지었다.

그녀는 북천에 있을 때 한 번도 미안하다는 말을 하지 않았다. 물론 미안해할 일은 전부 자신이 저지르긴 했지만.

그래도 미안하다는 말을 들으니 끓어올랐던 가슴이 가라앉았다.

이곳까지 와서 얻은 것은 ‘미안하다.’는 한마디가 전부였다. 아니, 자신이 싫지 않다는 말도 들었으니 최악은 아니었다.

하지만 자신이 원하는 것은 말 몇 마디가 아니었다.

자신이 원하는 것은 그녀, 그 자체였다.

‘그냥 데리고 가 버릴까? 함께 살다 보면 내 마음을 이해할지도……..’

문득 그런 생각이 들었다. 실천으로 옮길 의지도 충분했다.

그런데 헌원려려가 말했다.

“엉뚱한 생각하지 마세요. 그럼 당신에 대해 좋았던 마음마저도 바뀔지 몰라요.”

북궁천은 바로 계획을 접었다.

고집으로는 그녀의 상대가 되지 못한다는 걸 이 년 전에 깨달은 그가 아닌가.

그녀를 이기는 것보다는 차라리 천하를 이기는 게 더 쉬웠다

'제기랄, 그동안 눈치만 늘었나 보군.'

그렇다고 이대로 포기할 수는 없는 일!

그는 눈에 힘을 주고 말했다.

"일단은 네 말대로 하겠다. 하지만 이대로 돌아갈 순 없다. 언제든 마음이 바뀌면 말해라. 내 가슴은 항상 열려 있으니까."

그가 본 천사교 무리는 쉽게 무너질 자들이 아니었다.

전쟁이 길어지면 그만큼 혼인도 멀어질 터.

시간은 아직 많았다.

'혹시 알아? 구양우경, 그 자식이 싸우다 죽을지.'

그럴 가능성도 없지 않았다. 갑자기 구양우경의 머리 위에 벼락이 떨어질지도 모르고.

억지로 마음을 추스른 그는 백리진과 임강령을 바라보았다.

"조금 전 일은 못 본 것으로 해 주십쇼."

백리진과 임강령으로선 반가운 말이었다.

그들도 조금 전의 일이 되풀이되는 것을 원치 않았다.

"그렇게 하세."

"이곳에 들어온 이후의 일은 기억에서 지우지."

＊　　　＊　　　＊

눈보다 더 하얀 은의, 분을 칠한 것처럼 하얀 얼굴, 위로 치켜 올라간 눈초리, 피가 묻은 것 같은 붉은 입술.

왠지 으스스한 느낌을 들게 하는 청년은 보고를 받고 눈을 치켜떴다.

"서문려려를 빼앗겼다고?"

그의 입에서 여인의 목소리처럼 가냘픈 음성이 날카롭게 튀어나오자, 그의 앞에 도열해 있던 여덟 명은 고개를 들지 못했다.

"흑사령(黑邪令), 어디 이번 일의 책임자로서 어찌된 일인지 말해 보시오?"

은의청년이 한 사람을 지목하자, 오십 줄에 들어선 중년인 하나가 한쪽 무릎을 꿇고 대답했다.

"검왕과 고검이 직접 나설 줄은 생각도 못 했습니다. 호교령의 도움 요청이 없어서 모든 게 잘 진행되고 있다 생각했는데 그만……."

"멍청하긴. 놈들을 얕보지 말라고 내 그토록 말했거늘, 호교령을 동원하고도 그 계집을 뺏기다니. 대체 내가 뭘 믿고 그대들에게 일을 시키겠소?"

은의청년은 중년인을 사정없이 다그쳤다.

한참 어린 그가 지나칠 정도로 다그치는데도, 중년인은 반발은커녕 오히려 두려운 표정을 지었다.

"입이 열 개라도 할 말이 없습니다, 소존."

다른 자들도 감히 그를 위해 나서지 못하고 입을 꾹 다문 채 지켜보았다.

은의청년은 서리가 풀풀 날리는 눈빛으로 중년인을 보면서 형벌을 내렸다.

"흑사령은 손가락 두 개를 잘라 참회하도록 하시오."

"감사합니다, 소존!"

중년인은 손가락을 자르라는데도 지옥에서 빠져나온 사람처럼 감격한 표정을 지으며 허리를 숙였다.

그리고 조금도 망설이지 않고 품에서 소도를 꺼내 자신의 왼손 손가락 두 개를 잘랐다.

손가락이 잘리며 붉은 피가 대전 안에 뿌려지자, 도열한 사람들의 눈빛에서 괴이한 열기가 피어났다.

그들 중 흑사령을 안쓰럽게 생각하는 사람은 아무도 없었다.

그저 이 정도 간단한 벌로 무마되는 것을 의외라고 생각할 뿐.

은의청년은 피를 보고 나서야 표정을 풀고, 자신의 손가락을 지혈하는 중년인을 바라보았다.

"그동안에 세운 공만 아니었다면 팔을 잘라야 했을 거

요."

"제가 어찌 모르겠습니까."

은의청년은 그 정도에서 징벌을 멈추고 도열한 사람들을 바라보았다.

"삼성궁 놈들이 곧 대대적으로 움직일 거요. 천무회와 무림맹까지 끼어들면 우리의 계획이 본격적으로 시작된다고 볼 수 있소. 그때까지 만반의 준비를 하도록 하시오. 곧 천사지존께서 오실 것인 즉, 이번 일처럼 실수가 있어선 안 될 것이오."

도열해 있던 여덟 명은 은의청년의 말이 끝나자 일제히 무릎을 꿇으며 외쳤다.

"염려 마시오, 소존!"

"천사의 세상이 곧 이루어지리다!"

바로 그 때, 한 사람이 대전 안으로 뛰듯이 들어와 부복하고는 보고를 올렸다.

"소존이시여! 삼성궁이 서평을 공격했다 하옵니다!"

그 보고에 은의청년의 눈빛이 하얗게 번들거렸다.

서문려려를 놓친 마당에 서평이 공격당하다니!

일반적으로 생각하면 분노에 휩싸여야 옳았다. 하지만 그는 일절 분노하지 않고 붉은 혀로 입술을 핥으며 웃었다.

"놈들이 서평을 공격했단 말이지? 흐흐흐, 북이 울리기도 전에 먼저 달려드는군. 그것도 괜찮은 일이야."

$*$ $*$ $*$

북궁천은 헌원려려를 등에 업었다.

헌원려려가 걸어가겠다고 했지만 이번만큼은 그녀의 고집도 통하지 않았다.

"놈들이 언제 쫓아올지 모른다. 네가 걸어가면 오 리도 못 가서 따라잡힐 거다."

사실이 그렇다는 걸 알기에 어쩔 수 없었다.

워낙 오랫동안 혈도를 제압당한 상태라 아직도 진기운행이 원활하지 못했다.

더구나 맨발이 아닌가?

북궁천은 이불로 헌원려려의 몸을 둘둘 말고 손만 밖으로 나오게 했다.

그리고 밖으로 나왔을 때, 저만치에서 개미처럼 몰려오는 천사교도들이 보였다.

정말 지옥 끝까지 쫓아올 기세였다.

"정말 지독한 놈들이군. 그만 가세."

임강령이 혀를 내두르며 앞장섰다.

천사교도들과의 거리가 다시 벌어지자 임강령이 참고 참았던 질문을 던졌다.

"자네의 신분에 대해서 말해 줄 수 있겠나?"

"회룡당 제이대 무사 단화린."

임강령이 발끈한 표정을 지으며 고개를 돌렸다.

그런데 그가 입을 열기 전에 북궁천이 먼저 말했다.

"일단은 그렇게만 알고 계십시오. 나중에 때가 되면 제일 먼저 두 분께 말씀드리지요."

중원은 북천궁을 마도로 취급한다. 반면 백리진과 임강령은 정파의 대표적인 고수.

신분을 밝혀서 이로울 것이 없었다. 자칫하면 헌원려려만 힘들어질지 모르고.

임강령은 북궁천을 잠시 노려보고는 고개를 돌려 앞을 바라보며 말을 돌렸다.

"좀 전에 정말 서문 소저를 데리고 갈 생각이었나?"

"그렇습니다."

"그럼 우리가 막았을 거네. 설마 우리가 그냥 보내 줬을 거라는 생각은 하지 않았겠지?"

북궁천은 앞을 바라보며 잠시 입을 다물었다. 그리고 다섯 걸음을 걸은 뒤 나직이 말했다.

"그럼 두 분이 죽든가, 아님 제가 죽든가 했겠지요."

그 말에 임강령과 백리진이 동시에 북궁천을 바라보았다.

그들이 누군가?

검왕은 당대 제일을 다투는 검의 절대 고수요, 고검은 그보다 반 수 아래이긴 해도 강호에 적수가 몇 안 된다는 고수다.

그런 두 사람을 동시에 상대할 수 있는 사람이 강호에 누가 있단 말인가?

기껏해야 두세 명?

아마 천사교도와 싸우는 모습을 보지 못했다면, 통나무 집 안에서의 가공할 기세를 겪어 보지 않았다면 당장 말도 안 되는 소리 한다며 호통을 쳤을 것이다.

하지만 지금은 그럴 수가 없었다. 그렇다고 해서 북궁천의 말을 인정할 수도 없지만.

"이제 보니 꽤 오만한 젊은이군."

백리진이 눈살을 찌푸리며 말했다. 그러나 임강령의 반응은 그와 조금 달랐다.

"그렇게 자신 있다면 언제 한번 정식으로 검을 겨뤄 보세."

그는 굳은 표정으로 그렇게 말하고 북궁천을 직시했다.

자신이 질지도 모르지만, 고검의 자존심까지 굽힐 수는 없었다.

북궁천은 이번에도 바로 대답하지 않았다.

그 때 문득 헌원려려의 숨소리가 빨라지는 것처럼 느껴졌다. 임강령의 말에 감정이 격해진 듯했다.

자신을 위해서? 아니면 백리진과 임강령을 위해서? 그도 아니면 대결에 흥미를 느껴서?

그는 설마 세 번째는 아니겠지 하면서 대답했다.

"그냥 하기는 그렇고, 내기를 하지요."

뜻밖의 말에 임강령은 이마를 좁혔다.

하지만 먼저 말을 꺼낸 것은 그였다. 물러설 수도 없는 상황.

"내기? 좋네, 뭘 걸 건가?"

"그건 그때 가서 정하지요."

그런데 백리진이 그 내기에 끼어들었다.

"설마 나를 제외하고 하겠다는 건 아니겠지?"

임강령이 당황해서 그를 바라보았다.

"형님……."

백리진은 턱을 쳐들고 힘주어 말했다.

"나 아직 젊다네. 너무 늙은이 취급하지 말게, 아우."

— 나, 검왕이야!

꼭 그런 표정이었다.

북궁천은 보일 듯 말 듯 입술 끝을 비틀고 빠르게 걸음을 옮겼다.

차갑게 식었던 가슴이 두 사람 덕분에 다시 뜨거워지고 있었다.

'아직 끝난 것은 아니다. 끝까지 최선을 다하다 보면 려려가 마음을 바꿀지도…….'

그는 구양우경이 무심코 뱉은 말을 잊지 않고 있었다.

　"감히 내 것을 훔쳐 가다니……."

그는 어렴풋이나마 구양우경의 헌원려려에 대한 마음을 알 것 같았다.
구양우경은 헌원려려를 사랑하는 것이 아니라 그녀를 자신의 손에 들린 장난감처럼 생각하는 듯했다.
남에게 빼앗기기 싫은 귀한 장난감. 오직 자신만이 가지고 놀 수 있는 그런 장난감 말이다.
아니라면 어찌 그녀를 물건처럼 말할 수 있단 말인가!
하기에 그는 더욱 더 헌원려려를 포기할 수 없었다. 사랑하는 여인이 그런 자와 혼인하는 모습을 어찌 본단 말인가?
'려려, 네가 나를 원치 않아도 그런 놈의 여자가 되도록 놔두지 않을 것이다.'
무슨 수를 써서라도!
등에 업힌 헌원려려는 너무 편했다. 이대로 업힌 채 멀리 떠났으면 싶었다.
하지만 그럴 수 없다는 걸 그녀가 누구보다 잘 알기에 가슴만 먹먹했다.
진아에 대해서 말할까?

그런 생각을 안 해 본 것도 아니다. 그 말을 했을 때의 반응이 걱정되어서 입을 다물고 있을 뿐.

'내가 그 말을 하면 당장 삼성궁으로 달려갈 거야.'

달려가서 진아를 빼돌릴 수 있다면 다행인데 그러지 못할 경우가 문제다.

결국 진아를 가운데 두고 북궁천과 삼성궁이 전쟁을 벌일 것은 자명한 일. 만에 하나 진아가 잘못되기라도 하면 그녀는 견딜 수 없을 것이다.

북궁천이 미쳐 날뛸 테니 세상이 피로 뒤덮이는 거야 당연한 수순이고.

'어쩌면 영원히 말하지 못할지도 몰라요. 진아는 저에게 모든 것이니까요. 미안해요.'

*　　　*　　　*

헌원려려를 업은 북궁천과 그 일행이 삼성궁의 순찰 무사를 만난 것은 서평을 오십여 리 지나친 후였다.

그들은 그때서야 삼성궁이 서평의 광원산장을 공격했으며, 대승을 거두었다는 이야기를 들을 수 있었다.

백리진은 그 소식을 듣고 눈이 휘둥그레졌다.

"허, 위 군사가 작정을 하고 공격했군."

임강령은 순찰 무사에게 상황을 좀 더 자세히 물어보았

다.

“소궁주께서는 어디 계시느냐?”

순찰 무사는 명성이 드높은 백리진, 임강령과 직접 대화하는 것만으로도 황송한지 공손하게 대답했다.

“소궁주께서도 광원산장에 계십니다.”

“소궁주도 공격에 참여했단 말이냐?”

“아가씨가 납치당한 것에 분노해서 선두에 서셨습니다.”

임강령은 백리진을 바라보았다.

“어떻게 하는 것이 좋겠습니까?”

구양우경이 서평 광원산장에 있는데 진원보까지 가야 하는가 하는 것을 묻는 질문이었다.

백리진은 잠시 생각하더니 자신의 생각을 말했다.

“서평은 위험한 곳이네. 소궁주가 그곳에 있다 해서 이 아이를 그곳으로 데려가는 것은 너무 위험할 것 같군.”

“형님의 말씀이 옳습니다. 그럼 서문 소저를 진원보에 데려다 주고 저희만 돌아오지요. 화린, 자네 생각은 어떤가?”

임강령은 백리진의 의견에 찬성하고 북궁천에게 물었다.

북궁천이야 두말할 것도 없었다.

그는 헌원려려가 구양우경과 함께 있는 것을 생각하는 것만으로도 짜증이 나는 사람이었다.

“찬성입니다.”

그런데 헌원려려가 말했다.

“아니에요. 저를 생각해서 굳이 그럴 필요는 없어요.”

“려려.”

북궁천은 고개를 틀어서 헌원려려를 째려보았다.

헌원려려는 꿈쩍도 않고 자신의 생각을 담담히 말했다.

“어차피 천무회와 무림맹의 무사들이 오면 모두 서평으로 갈 수밖에 없어요. 이제 서평의 광원산장이 천사교와 싸울 거점이 되는 거지요. 그럼 차라리 그곳에 있는 게 더 안전해요.”

북궁천은 심술 난 아이처럼 툭 말을 던졌다.

“내가 진원보에 있으면 누구도 너를 건드릴 수 없다.”

헌원려려는 쓴웃음을 지으며 고개를 저었다.

“어차피 진원보로 가도 소궁주는 사람을 보내서 저를 서평으로 데려갈 거예요.”

북궁천도 그 말에는 더 이상 반론을 제기할 수 없었다.

전쟁터나 다름없는 곳까지 그녀를 데려온 구양우경이다. 하물며 납치 사건이 발생했는데 진원보에 따로 놔두려고 하겠는가.

그가 입을 꾹 다물고 있자, 헌원려려가 백리진과 임강령에게 말했다.

“두 분 어르신, 그냥 광원산장으로 가도록 해요. 소녀 때문에 힘든 길을 오가실 필요는 없습니다.”

백리진과 임강령도 그게 나을 것 같았다는 생각을 했다.

하지만 북궁천 때문에 당장 말을 바꾸기가 머쓱해서 그를 바라보았다.

북궁천은 마음에 들지 않았지만 당장 다른 방법이 없었다.

홱, 몸을 튼 그는 혼잣말처럼 중얼거리며 걸음을 옮겼다.

"그 자식이 너를 괴롭히면 가만 안 둘 거다."

헌원려려는 보일 듯 말 듯 미소를 지으며 그의 등에 얼굴을 기댔다.

지난 이 년 동안의 그 어느 때보다 마음이 편했다. 그래서 더 미안하기도 했다.

*　　　*　　　*

광원산장을 차지한 삼성궁 무사들은 소궁주의 약혼녀마저 돌아오자 천사교도들을 완전히 물리친 것처럼 환호했다.

구양우경은 그녀의 귀환 소식이 전해지자 입구까지 뛰어나왔다.

"려매!"

헌원려려는 나직이 속삭이며 북궁천을 재촉했다.

"빨리 내려 줘요."

북궁천은 그녀를 내려 주기 싫어서 저만치 달려오는 구양우경을 쳐다보기만 했다.

그러고는 그가 삼 장 앞까지 다가오자 말했다.

"맨발이어서 방으로 모셔야 할 것 같소, 소궁주."

걸음을 늦춘 구양우경은 북궁천을 바라보았다. 그의 얼굴에 떠올랐던 기쁨의 열기가 서서히 식어 갔다.

그는 자신의 여자가 다른 남자의 등에 업혀 있다는 게 무척이나 마음에 안 들었다.

더구나 두 손으로 그녀의 엉덩이를 받치고 있지 않은가!

"내가 안아서 옮기겠네."

차갑게 느껴지는 목소리로 입을 연 그는 북궁천의 등 뒤로 돌아가서 팔을 뻗었다.

"려매, 나에게로 오시오."

헌원려려는 그를 향해 몸을 기울이며 손을 내밀었다.

북궁천도 더는 그녀를 막지 못하고 손을 풀었다. 그리고 그녀가 구양우경의 품에 안기는 모습을 무심한 눈빛으로 바라보았다.

심장이 송두리째 빠져나가는 기분이었다.

"다친 곳은 없소?"

헌원려려를 안아 든 구양우경은 염려가 가득한 표정으로 물었다.

헌원려려는 억지로라도 미소를 지으며 대답했다.

"저분들이 제때 구해 주셔서 저는 괜찮아요."

"다행이오, 정말 다행이오. 하하하하."

구양우경은 환하게 웃으면서 백리진과 임강령을 바라보았다.

"두 분 대협, 정말 고생하셨습니다. 이 은혜를 어찌 갚아야 할지 모르겠습니다."

백리진은 담담히 웃음을 지었다.

"무사히 구출할 수 있어서 우리도 천만다행으로 생각하고 있다네."

"찬 바람에 오래 노출되었으니 몸조리를 잘 해야 할 거네."

임강령은 헌원려려의 건강을 걱정하며 담담한 눈빛으로 그녀를 바라보았다.

그는 이곳까지 오면서 그녀의 표정을 유심히 살펴보았다. 그리고 그가 내린 결론은 그녀의 마음이 소궁주가 아닌 단화린에게 있다는 것이었다.

왜 단화린을 거부하는지 몰라도.

'소궁주의 여인이 되어 부귀영화를 누리겠다는 이유 때문만은 아니다. 말을 하진 않았지만 단화린의 신분도 소궁주에게 뒤떨어지지 않는 것 같아. 그럼 왜 거부하는 걸까? 무슨 이유 때문에?'

그리고 단화린의 신분을 숨기려 하는 것도 이상했다.

신분이 무엇이기에 말하지 않는 걸까?

임강령이 머릿속에서 의문을 정리하고 있을 때, 구양우경이 북궁천을 향해 고개를 돌렸다.

얼굴은 웃음을 짓고 있지만 눈빛은 겨울의 찬 바람보다도 더 차가웠다.

"수고했네."

"할 일을 했을 뿐이오."

"공을 세웠으니 그에 대한 상을 줄 것이야. 회룡당에 가서 기다리도록 하게."

북궁천은 가볍게 포권을 취하고 몸을 돌렸다.

가슴이 텅 빈 느낌.

마음 같아서는 홱 몸을 돌려 당장 헌원려려를 빼앗고 싶었다. 그녀가 원하기만 한다면.

'려려, 지금이라도 나를 불러라.'

하지만 헌원려려는 그의 기대를 저버리고 가슴을 후볐다.

"공자, 찬 바람을 오래 쐬어서 그런지 열이 좀 나는 것 같아요. 방으로 데려다 주세요."

"저런! 어서 방으로 갑시다. 내 바로 의원에게 연락하겠소."

"대형!"

북궁천이 회룡당 무사들이 있는 곳에 도착하자 태극문 제자들이 활짝 웃으며 반겼다.

북궁천은 우중충한 기분을 털어 내려고 노력하며 그들을

둘러보았다.

"다들 무사한 것 같아 다행이군."

"하하하, 저희들이 수련을 열심히 했잖습니까."

그 때 방문이 열리고 천광호가 고개를 내밀었다.

"돌아왔군. 한숨도 못 잤을 텐데, 일단 쉬고 나중에 내 방으로 오게나."

그는 별일도 아닌 것 가지고 수선 떤다는 듯 몇 마디 툭 던지고 방문을 닫았다.

하지만 방문을 닫고 돌아선 그는 씩 웃으며 힘차게 고개를 끄덕였다.

'우하하하! 좋았어! 아주 멋지게 구해 왔군.'

단화린이 서문 소저를 구해 왔으니 회룡당의 위상은 한껏 높아지리라. 당연히 자신도 목에 힘 좀 줄 수 있을 것이고.

그는 대소를 터트리며 기뻐하고 싶은 걸 꾹 참고 입만 벌린 채 소리 없이 웃었다.

"자, 들어가세. 당주님 말씀대로 조금 쉬고 싶군. 우리 방이 어디지?"

북궁천도 옆집에 다녀온 것처럼 담담히 말했다.

몸보다 마음이 힘들었다. 잠시 쉬면서 앞으로 어떻게 할 것인지 정리해 봐야 할 것 같았다.

북궁천은 한 시진 반에 걸친 운기조식으로 피곤을 털어내고 내상을 다스렸다.

이정한 등은 그가 편히 쉴 수 있도록 방문 앞에 서서 다른 사람이 방에 들어가는 걸 막았다. 그리고 그가 운기를 마친 걸 알자 초강이 가서 간단하게 식사를 준비해 왔다.

북궁천은 천천히 식사를 마치고 그들을 방으로 불러들였다.

이정한이 그릇을 깨끗이 비운 그를 보고 말했다.

"대형, 더 갖다 드릴까요?"

"됐다. 그보다 아우들에게 할 말이 있어서 불렀다."

이전과 달리 딱딱하고 강압적인 말투다.

세 사람은 분위기가 심상치 않자 잔뜩 긴장했다.

"말씀하십시오, 대형."

북궁천은 거두절미하고 짧게 말했다.

"산서로 돌아가라."

세 사람의 입이 달라붙었다.

북궁천은 표정이 굳은 채 자신만 바라보는 세 사람을 향해 말했다.

"솔직히 말하지. 천사교와의 본격적인 싸움이 시작되면, 지금 아우들 실력으로는 살아서 돌아갈 확률이 반도 안 된다. 셋이 다 함께 돌아갈 확률은 이 할도 안 되고."

"그건…… 저희도 압니다."

초강이 입술을 씹으며 답했다. 사실이 그랬으니까.

북궁천은 고개를 끄덕였다.

"그래서 돌아가라는 거다. 지금까지 한 것만으로도 생각보다 잘해 주었다. 하지만 이제부터는 달라질 거다. 서평을 빼앗긴 천사교가 전면적인 공격을 취할 테니까."

그것도 모르지 않았다.

모두가 각오하고 있는 일이다.

"그런데 사실, 내가 정말로 걱정하는 것은 그들이 공격하지 않을 때다."

"예? 그게 무슨 말씀입니까?"

"도화당과 승룡당이 당한 걸 보면 그들은 결코 힘만 믿고 설치는 자들이 아니었다. 그런데 서평이 너무 쉽게 무너졌어."

"그거야 삼성궁이 워낙 강해서……."

"남들은 그렇게 생각할지 몰라도 이번에 상남까지 갔다 온 검왕과 고검은 결코 그렇게 생각하지 않을 거다. 나 역시 마찬가지고."

"그럼 그들이 무슨 꿍꿍이라도……?"

"복수를 하기 위해 쳐들어온다면 걱정할 게 없다. 당연한 일이니까. 그런데 공격을 자제한다면 저들에게 또 다른 계획이 있다는 말이 되지."

동호량이 한숨을 쉬며 고개를 저었다.

"후우, 뭐가 뭔지 모르겠군요."

"대세력 간의 전쟁은 일개 문파끼리의 싸움과 다르다. 무공의 고하만으로는 승부가 나지 않아."

"병법이 무공보다 더 중요하단 말씀입니까?"

"맞아. 그래서 군사의 위치가 상당히 중요한데, 아무래도 저쪽에 대단한 모사꾼이 있는 것 같다."

"삼성궁의 문현각주님도 대단한 분이라 들었습니다. 그 분이라면 충분히 상대할 수 있을 것 같습니다만."

"두고 보면 알겠지. 중요한 것은 이번 싸움이 군사들의 머리싸움이 될 거라는 거다. 그 과정에서 일반 무사들은 장기판의 졸밖에 되지 않아. 다시 말해서, 아우들 정도의 무사는 언제든 이용물로 던져질 수 있다는 거다. 나는 아우들이 그렇게 죽어 가는 걸 원치 않는다."

이정한 등은 그제야 북궁천의 의도를 이해했다.

대형은 자신들이 대의를 위한다는 명분으로 장기판의 졸처럼 적 앞에 던져지는 걸 원치 않는 것이다.

가슴이 뭉클해진 세 사람은 상기된 얼굴을 숙였다.

그러다 문득 이상한 생각이 든 이정한은 고개를 모로 꼬며 쳐들고 북궁천을 바라보았다.

"저, 대형. 세상 물정도 잘 모르시는 분이 그런 건 어떻게 그리 잘 아시는 겁니까?”

“많은 사람을 거느리고 전쟁을 치르다 보면 느낌이라는 게 있다. 그리고 나는 그쪽으로 경험이 많다.”

“전쟁이요?”

동호량이 눈을 휘둥그렇게 뜨더니, 침을 꿀꺽 삼키고 말을 이었다.

“그럼 장군이셨습니까?”

북궁천은 피식 웃고 말했다.

“장군은 아니었지만 전쟁에 가까운 대규모 전투는 몇 번 치러 봤지. 좌우간 내 말을 이해했으면 내일 산서로 돌아가라. 자네들은 이곳에서 목숨을 걸 이유가 없으니까.”

“만약 저희가 간다면 대형은 어떻게 하실 겁니까?”

“나는 아직 할 일이 남았다.”

세 사람은 북궁천이 말한 ‘할 일’이 뭔지 모르지 않았다. 하지만 그들은 그가 떠나라 해도 떠날 마음이 없었다.

“대형. 죄송하지만, 저희는 떠나지 않겠습니다.”

“정한……”

이정한은 북궁천을 똑바로 바라본 채 입을 열었다.

“이곳에 온 후 우리는 진짜 무사가 어떤 것인지 알게 되었습니다. 그리고 악의 무리와 싸우는 게 얼마나 가슴 뿌듯한 일인가도 확실히 알게 되었습니다. 우리는 저들과 싸우다가 죽는다 해도 후회하지 않을 생각입니다.”

살아오면서 정파의 무사라는 생각을 해 본 적이 한 번도 없었다.

정파의 무사가 되어야겠다는 생각도 해 보지 않았다.

다만 남에게 피해를 끼치지 않고 소신껏 옳은 일을 하면서 살아야겠다는 생각은 많이 했다. 사부님이 귀에 못이 박히도록 말씀하셨으니까.

그런데 천사교와 싸우면서 그게 전부가 아니라는 걸 알았다.

남자라면, 무사라면 평온에 안주하며 살기만 해선 안 된다는 것도 알았다.

대형의 말대로 죽을지도 모르지만 죽음이 두려워서 물러서고 싶지는 않았다.

북궁천은 동호량과 초강을 둘러보고 그들 역시 이정한과 같은 마음이라는 걸 알았다.

"정말 이곳에 남을 생각인가?"

세 사람이 동시에 대답했다.

"예, 대형!"

"죽어도 후회하지 않겠단 말이지?"

"그렇습니다, 대형!"

"하지만 나는 아우들이 죽는 게 싫다."

"대형……."

"정말 이곳에 남고 싶다면 살아서 돌아갈 생각을 해라.

그리고 함께 살아서 돌아가고 싶다면 내가 가르쳐 주는 무공을 혼신의 힘을 다해서 익혀라.”

“예?”

“태극문의 무공도 뛰어난 것은 분명하다. 그러나 완성하려면 시간이 너무 오래 걸려. 그래서 속성으로 익힐 수 있는 무공을 두어 가지 가르쳐 줄 생각이다.”

세 사람의 눈이 휘둥그레졌다. 너무 기쁜 나머지 눈알이 튀어나올 것 같았다.

“대형!”

“정말이죠?”

“가르쳐 주고 싶어서 가르쳐 주려는 게 아니다. 아우들이 죽으면 진 사부가 나를 원망할까 봐 가르쳐 주는 것이다. 물론 싫은 사람은 이 자리에서 말하고 짐 싸서 돌아가도록.”

세 사람의 얼굴이 벌게졌다.

“걱정 마십시오, 대형! 죽을힘을 다해서 익히겠습니다!”

第二章

만가점(萬家店)

위효릉은 광원산장을 임시 거점으로 정하고 손님 맞을
준비를 서둘렀다.

광원산장이 사방 백 리 일대에서 가장 큰 장원이라 하지
만 수용할 수 있는 최대 인원은 칠팔백 명 정도였다.

그나마도 일반 무사는 다섯 명이 사용하던 방에 열다섯
명씩 집어넣어야 했다.

천무회와 무림맹의 무사들이 도착하면 쉴 곳이 있어야 하
는데, 당장 집을 더 지을 수는 없는 일. 위효릉은 천사교의
공격에 대비할 겸 무사들 중 삼 할을 상남 쪽으로 전진배치
시켜서 인원의 분산을 꾀했다.

그리고 남은 인원은 넷으로 나누어서 하루 세 시진씩 외곽 순찰을 돌게 하자 장원에 반 정도의 여유가 생겼다.

그래도 쉴 곳이 모자라면 서평에 있는 객잔을 이용하면 될 터. 그는 천무회와 무림맹 무사들이 오기를 기다리며 차분하게 철은보의 천사교도를 칠 계획을 짰다.

그렇게 사흘이 흘렀을 때였다.

'응? 저자는?'

치료에 쓸 면포 등 필요한 물품을 구하기 위해 이대 대원 둘을 데리고 서평으로 나간 조관은 눈에 익은 자를 발견하고 눈을 가늘게 좁혔다.

한 사람이 주위를 조심스럽게 둘러보고 골목 안쪽의 어느 가게 안으로 들어가는 게 보였다.

그런데 옷은 다르지만 얼굴은 구양우경을 호위하는 수룡위사대의 무사들 중 하나가 분명했다.

그는 주위를 둘러보면서도 조관 일행이 어둠침침한 가게 안에 있어서 보지 못한 듯했다.

평소 구양우경의 곁에서 떨어지지 않는 자가 무슨 일로 서평에 나온 걸까? 옷도 평복을 입고 말이다.

"심부름 나왔나?"

조관은 그렇게 생각하고 그냥 지나치려 했다. 하지만 아무리 생각해도 그의 행동이 눈에 거슬렸다.

“너희들 먼저 물건을 가지고 돌아가라.”

“대주님은……?”

“잠깐 알아볼 것이 있다. 곧 따라가마.”

“설마…… 혼자 한잔하시려는 건 아니겠죠?”

“나중에 검사해 봐, 인마. 빨리 가!”

조관은 눈을 부라리고는 손을 휘이 저었다.

이대 대원 둘은 눈짓을 하더니 보따리를 짊어졌다.

“그럼 저희 먼저 가겠습니다. 그런데 대주님, 딱 한 병만 마시면 안 되겠습니까? 가면서 마시면 늦을 염려도 없는데 말이죠.”

조관도 차마 그것까지 말리진 못했다. 피를 본 지 한나절밖에 안 된 터라 술로 피 냄새를 지우는 것도 괜찮을 듯했다.

“좋아, 대신 딱 한 병만 마셔라.”

“감사합니다!”

두 대원은 희색을 띠고 부리나케 떠나갔다.

조관은 피식 웃고는 고개를 돌려 골목 안을 바라보았다.

수룡위사대원이 들어간 집 앞에는 작은 깃발이 펄럭이고 있었다.

깃발에는 만가점(萬家店)이라는 글자가 써져 있었는데 온갖 잡동사니를 파는 만물상이었다.

그는 수룡위사대원을 보지 못한 것처럼 태연하게 만가점

으로 갔다.

슬쩍 안쪽을 바라봤지만 수룡위사대원은 보이지 않았다.

'더 안쪽으로 들어갔나?'

그냥 갈까, 아니면 들어가서 확인해 볼까?

잠시 망설이던 그는 안으로 들어갔다. 수하들까지 보내고 왔는데 그냥 돌아가기는 좀 서운했다.

만약 그자와 마주치면 물건을 사러 왔다고 하면 될 것이 아닌가.

평범한 겉보기와 달리 만가점 안은 상당히 복잡했다.

산더미처럼 쌓인 물건 사이를 지나 깊은 곳까지 들어가 봤는데도 수룡위사대의 무사가 보이지 않았다.

'단순한 만물상이 아닌 것 같은데?'

잠시 망설이던 조관은 좀 더 안으로 들어가 보았다.

그 때 그가 지나온 곳에서 인기척이 느껴졌다. 그리고 곧 누군가가 그에게 물었다.

"무슨 일로 여기까지 들어온 거요?"

그는 태연하게 몸을 돌리며 말했다.

"살 만한 게 있나 보려고 들어왔는데 사람이 없지 뭐요. 그래서 안으로 들어온 거요."

삼십 대 초반의 장한이 어두침침한 곳에 서 있었다.

"원하는 게 뭐요?"

"뭐, 이것저것 구경해 보고 나서 필요한 것이 있으면 살까 하오."

"그럼 밖으로 나가서 골라 보쇼."

"안쪽에는 물건이 없소?"

"당신이 살 만한 물건은 없소."

"그래요? 그럼 나갑시다."

조관은 그의 말에 순순히 따르며 돌아온 길을 되돌아갔다.

그리고 장한의 옆을 막 지나가려는 순간 번개처럼 손을 뻗었다.

장한은 황급히 몸을 틀었지만 조관은 뱀처럼 손끝을 틀면서 장한의 목을 움켜쥐었다.

"크윽, 이게 무슨 짓……."

"물어볼 게 있거든."

"뭘……."

"내가 들어올 때는 보이지 않더니 어디서 나왔지?"

"그거야…… 물건 뒤쪽에 있어서……."

장한이 대충 얼버무리자 조관의 두 줄기 상흔이 송충이처럼 꿈틀댔다.

그는 장한을 바짝 잡아당기고, 등 뒤의 검을 잡아 빼서 목에 댄 후 속삭이듯이 물었다.

"나를 어린애 취급하겠다는 건가? 좋아, 그럼 다시 묻지.

좀 전에 들어온 사람, 어디로 갔지? 헛소리하면 네 목에 내 얼굴에 난 상흔보다 더 깊은 골짜기를 만들어 주마.”

장한은 예리한 검날이 목을 스치자 얼굴이 창백해졌다.

“저, 저는 잘⋯⋯.”

스윽.

조관은 장한의 목을 칼로 그었다. 실처럼 그어진 상처를 타고 핏방울이 맺혔다.

“다음에는 더 깊이 파 주지. 말해, 어디로 갔지?”

“저, 저쪽에 뒷문이⋯⋯.”

공포에 질린 장한이 더듬거리며 눈짓으로 조관의 뒤를 가리켰다.

“좋아, 말을 잘 듣는군. 그럼 하나만 더 묻지. 그는 이곳에 뭘 사려고 왔지?”

장한의 눈빛에 공포가 떠올랐다.

조관의 검 때문에 두려워하는 것이 아니었다. 다른 무언가를 극도로 두려워하는 듯했다.

조관은 겁에 질린 그를 다독였다.

“너와 나만 아는 일이다. 무사로서 맹세하지. 절대 네가 알려 줬다는 말을 하지 않으마. 말 안 해도 죽을 거면 모험을 할 만하잖아?”

장한의 눈빛이 흔들렸다. 그는 조관의 독사처럼 날카로운 눈빛을 대하고는, 말하지 않으면 정말로 죽일 거라는 걸 알았다.

"그, 그분은 여자를……."

그가 더듬거리며 모기 날갯짓 같은 목소리로 말하려 할 때였다.

끼이익.

뒤에서 경첩 비틀리는 소리가 들렸다.

조관은 누군가가 문을 열고 나온다는 걸 본능적으로 깨닫고는, 재빨리 검을 거두고 손가락으로 한 곳을 가리키며 장한을 다그쳤다.

"정말 저 활밖에 없단 말이야? 저 따위 고물 말고 쓸 만한 활이 있을 것 아냐?"

그가 가리키는 곳에는 먼지가 쌓인 활이 하나 걸려 있었다.

장한은 갑작스런 말에 잠시 멍했지만, 곧 안쪽에서 누군가가 나오는 걸 보고 조관의 뜻을 짐작했다.

"그, 그게…… 다른 것이 있긴 한데, 그것은 비쌉니다."

눈치가 제법인데?

조관은 장한의 순발력에 내심 만족하며 더욱 강하게 다그쳤다.

"내가 그 정도 돈도 없는 줄 알아? 어디 있어? 한번 보기나 하자. 어디 있지? 앞쪽에 있나?"

"그, 그렇습니다."

"좋아, 앞장서."

장한은 안쪽을 힐끔 바라보고는 몸을 돌렸다.

조관도 장한을 밀치며 걸음을 옮겼다.

등줄기 근육이 긴장으로 잔뜩 굳었지만 최대한 태연하게 움직였다.

그런데 안쪽의 문을 열고 나온 자가 두 사람을 붙잡았다.

"잠깐. 보아하니 삼성궁 무사 같은데, 무슨 일로 여기에 온 거지?"

등골이 싸늘해지는 차가운 목소리. 당장이라도 칼이 날아들 것만 같다.

하지만 조관은 고개를 돌리고 담담히 말했다.

"나야 활을 구하러 왔소만. 그러는 댁은 뉘시오?"

"활은 왜 구하려는 거지?"

"시간 날 때 사냥을 해 볼까 해서 구하려는 거요. 그런데 내가 활을 구해서 어디에 쓰던 댁이 무슨 상관이오?"

안에서 나온 자, 장호문은 온기 하나 없는 눈빛으로 조관을 바라보았다.

조관의 말대로 자신이 상관할 일이 아니었다. 문제는 자신이 만가점에 들어온 직후 삼성궁의 무사가 들어왔다는 것이었다.

뭘 알고 들어온 걸까?

우연으로 치부하기에는 왠지 께름칙했다. 하지만 트집을 잡고 입을 막기에는 어정쩡한 상황이었다.

"알았네. 그럼 좋은 활을 구해서 가게나."

조관은 별사람 다 봤다는 듯 고개를 모로 꼬고는 몸을 돌렸다.

겉으로는 태연했지만 어찌나 긴장했는지 손안에 땀이 차서 미끈거렸다.

장호문은 물건 사이로 사라지는 조관을 보며 눈을 가늘게 좁혔다.

자신이 하는 일은 누구도 알아선 안 된다. 그게 누구든!

잠시 후.

서평을 나선 조관은 미간을 찌푸렸다.

'여자를 왜 산다는 거지?'

수룡위사대원도 남자니 때로는 여자가 필요하기도 할 터. 그 일 자체는 문제라 할 것도 없었다.

정작 이상한 것은 장소였다.

여자를 사려면 기루로 갈 것이지 왜 그런 곳으로 간단 말인가? 혹시 그곳이 비밀스럽게 여자 장사를 하는 곳인가?

'그럴지도 모르겠군.'

조관은 쓴웃음을 지었다.

솔직히 자신도 가끔은 여자가 필요해서 기루를 찾곤 했

다. 혼인을 못 했으니 그런 곳에서라도 욕정을 풀어야 할
것이 아닌가.

'제길, 괜한 일 때문에 돈만 썼군.'

그는 손에 든 활과 열 발의 화살을 내려다보았다. 입맛이
썼다.

'당주님이 보면 뭐라고 할지 모르겠군.'

너 미쳤냐고 할 가능성이 가장 컸다.

'그래도 공금을 쓰진 않았으니 때려죽인다고 하지는 않
겠지.'

이 활로 진짜 사냥을 해 볼까?

문득 그런 생각도 들었다.

시간만 난다면 그것도 불가능한 일은 아니었다. 노루라
도 잡으면 한바탕 잔치를 벌일 수도 있고 말이다.

하지만 어쨌든 한 달 보수의 반을 하루에 써 버린 것은
멍청한 짓이 아닐 수 없었다.

이런저런 생각을 하는 사이 광원산장으로 향하는 길목의
숲에 들어섰다.

그는 나무 위에 까치가 보이자 활시위를 잡아당겨 보았
다.

팽팽하게 당겨지는 느낌이 제법 괜찮았다.

하긴 한 달 보수의 반을 지불했는데 고물이면 되겠는가.

'이 기회에 궁술을 제대로 익혀 봐? 원거리 적을 상대할

때는 활을 쓰고, 근거리는 검을 쓰고. 그럼 괜찮을 것 같은 데…….'

그는 빈 활로 나무 위의 까치를 겨냥했다.

그 때 뒤쪽에서 누군가가 빠르게 다가왔다.

흠칫한 그는 활시위를 느슨하게 풀며 슬쩍 뒤를 돌아다 보았다.

다가오는 자는 만가점에서 봤던 수룡위사대원였다.

그가 그자를 인지했을 때는 이미 거리가 십여 장으로 줄 어든 상태였고, 멈칫한 사이 그 거리가 빠르게 가까워졌다.

달리 대처하기도 어정쩡한 상황. 자연스럽게 고개를 돌린 그는 장호문을 바라보며 먼저 말을 걸었다.

"귀하도 본 궁의 무사였소?"

장호문은 담담히 웃으며 대답했다.

"몰랐나?"

"내가 본 궁의 무사를 전부 아는 것도 아닌데, 처음 본 귀하를 어떻게 알겠소?"

어느새 두 사람의 거리는 삼 장으로 가까워진 상태. 장호 문은 조금도 걸음을 늦추지 않고 말했다.

"하긴 그도 그렇군. 그럼 이제라도 알아 두게나. 나는 수 룡위사대의 삼조장인 장호문이라네."

의외로 장호문은 순순히 자신의 정체를 밝혔다.

조관은 그의 이름을 듣고 이상할 정도로 가슴이 싸늘해

졌다.

그 순간, 장호문이 튕겨지듯이 몸을 날렸다.

"염라대왕이 묻거든 그렇게 대답해."

쉬이익!

목소리와 칼 바람 소리가 뒤섞여서 조관을 덮쳤다.

조관은 기다렸다는 듯 뒤로 훌쩍 몸을 날리며 소리쳤다.

"이게 무슨 짓이오!"

"만가점의 점원은 손가락이 모두 잘린 채 죽었다."

쉬쉬쉬쉭!

장호문의 검이 더욱 빨라지면서 검풍이 일었다.

몇 마디 말만으로도 상황을 깨달은 조관은 검을 뽑아 들고서 상대의 공격을 막았다.

손가락이 잘린 채 죽었다는 말은 고문을 당했다는 말이다. 그리고 장호문이란 자는 자신이 목적하는 바를 얻었을 것이고.

쩌저정!

서너 번 검이 격돌하며 귀청을 찢는 소리가 울렸다.

하지만 급박하게 취한 방어로는 장호문의 검을 완전히 막을 수가 없었다.

더구나 공력과 검의 경지를 따져 봐도 조관은 장호문에 비해서 한 수 이상 아래였다.

십초가 지나기도 전에 검을 쥔 손이 울리고, 그 충격으로 몸의 움직임마저 둔해졌다.

그리고 다시 오초가 지나자, 상대의 검기가 허벅지와 옆구리를 스치고 지나갔다.

정면 대결로는 승산이 없는 상황.

조관은 전력을 다해서 뒤쪽으로 몸을 날렸다.

장호문은 그럴 줄 알았다는 듯 독수리처럼 몸을 날리며 조관의 등을 덮쳤다.

쉬아악!

검첨에서 피어난 검기가 조관의 등을 길게 갈랐다.

옷이 갈라지고 살까지 갈라졌다.

'흐읍!'

조관은 눈을 홉뜨고 이를 으스러져라 악물었다.

하지만 멈추지 않고 소나무와 잡목이 우거진 숲 속으로 뛰어들었다.

"흥!"

장호문은 코웃음 치며 조관의 뒤를 바짝 쫓았다.

검기에 의해 등이 갈라진 몸으로는 자신을 벗어날 수 없었다. 그에게는 조관이 길을 벗어나 숲 속으로 들어간 것이 차라리 잘된 일이었다.

'죽여서 숲 속에 묻어야겠군.'

살소를 배어 문 그는 소나무 사이를 빠르게 지나가며 조관과의 거리를 좁혔다.

조관은 사오 장 앞에 있는 잡목을 통과하고 있었다.

이제 두어 번의 도약이면 그를 잡을 수 있을 듯했다.

그런데 그가 신법을 펼쳐서 잡목을 막 넘어갈 때였다.

쉬익!

갑자기 바람을 가르는 소리와 함께 화살이 날아들었다.

'화살?'

그는 생각과 동시에 검을 휘둘렀다. 밖이었다면 화살을 쳐 내는 것이 어렵지 않은 일이었다.

그러나 잡목과 덩굴이 검의 진로를 방해했다.

물론 잡목과 덩굴은 검기가 서린 그의 검에 마른 보릿대처럼 잘렸지만, 미미하나마 시간 차이가 났다.

그리고 그 차이로 인해 그는 화살을 완벽하게 쳐 낼 수가 없었다.

퍽!

검에 꼬리를 맞고 방향이 틀어진 화살이 그의 어깨에 틀어박혔다.

와락, 얼굴이 일그러진 그는 땅에 내려서서 전면을 노려보았다. 그 때 또 한 발의 화살이 날아왔다.

거리가 가깝다 보니 가히 섬전이 따로 없었다.

대경한 그는 급히 몸을 옆으로 날리며 검을 휘둘렀다.

땅!

이번에는 정확히 화살을 쳐 냈다.

하지만 아직 조관의 공격이 끝난 것은 아니었다.

그가 중심을 잡기 무섭게 세 번째 화살이 날아들었다.

바람이 갈라지는 소리가 들리자, 장호문은 별수 없이 뒤쪽으로 훌쩍 몸을 날려서 거리를 벌렸다.

조관은 그 모습을 보고 전력을 다해서 달렸다.

등에서 전해지는 고통으로 온몸이 후들후들 떨렸지만, 멈추면 죽음뿐이었다.

'죽더라도 저놈에 대한 것은 알리고 죽어야 돼!'

*　　　*　　　*

조관이 보이지 않는다는 걸 맨 처음 이상하게 생각한 사람은 이조량이었다.

그는 북궁천에게 자신의 생각을 말했다.

"저, 단 형님. 대주님이 아까부터 안 보이는데 어딜 가신 거죠?"

"물품 구입하러 가시지 않았나?"

"그때 함께 나갔던 사람들은 돌아왔습니다."

"그래? 그럼 어디 갔지?"

"그분들에게 물어보니까, 먼저 가라고 했답니다. 갑자기 뭐 좀 알아볼 게 있다면서요. 그런데 뭘 알아보려고 하는데 한 시진이 지나도 돌아오지 않는지 모르겠습니다."

한 시진은 결코 적은 시간이 아니었다.

더구나 계획된 것도 아니고 갑자기 뭔가를 알아보려 했다는 점도 이상했다.

"함께 나갔던 사람이 누구지?"

"고지경 선배와 정만강 선배입니다."

북궁천은 고지경과 정만강을 만나 보았다. 고지경은 북궁천이 처음에 들어왔을 때 주먹을 날렸던 자였다.

그들은 조광이 서평에 남은 것에 대해서 자신들도 이유를 모르겠다고 했다. 물건을 다 구입한 후 서평을 떠나기 전 갑자기 그 말을 했다는 것이다.

그런데 북궁천이 혹시 이상한 점은 없었냐고 하자, 정만강이 고개를 갸웃거리며 말했다.

"가게 안에서 건너편 골목 안을 한참 바라보았소. 그러고 나서 우리보고 먼저 가라고 했소."

북궁천은 천광호를 찾아갔다.

천광호는 조관이 돌아오지 않았다는 말에 눈살을 찌푸렸다.

"그 자식, 술 처먹는 거 아냐?"

"조 대주가 혼자 술 마시는 걸 좋아합니까?"

"그건 아닌데……."

천광호는 말을 길게 끌더니 굳은 표정으로 눈빛을 반짝였다.

"그럼 혹시 여자와 놀다 늦는 것 아닐까?"

북궁천은 천광호를 지그시 바라보았다.

천광호는 슬그머니 고개를 돌리고 고개를 갸웃거렸다.

"그것도 아니면 왜 안 돌아오지? 천사교도 놈들을 만났나?"

"아직 천사교도가 서평으로 숨어들었다는 소식은 없는 것으로 압니다만."

"양고명도 간자였는데, 없으란 법도 없잖아?"

그건 그랬다. 하지만 천사교도들이 머리가 비지 않은 이상 서평까지 들어와서 일개 대주를 죽여 눈길을 끌 리가 없었다.

"최근 이상한 일은 없었습니까?"

"이상한 일? 없었는데? 아, 처음에 이곳을 공격할 때 약간 이상한 걸 보긴 했지."

"뭡니까?"

천광호는 자리에서 벌떡 일어나더니 방문을 열고 밖을 살펴보았다. 그리고 다시 제자리로 돌아와서 그날의 일을 나직이 말했다.

"……그래서 그놈에게 입조심하라고 했네. 잘못하면 둘 다 끝장날지 모르거든. 자네도 어디 가서 그런 말 함부로 하지 말게. 무슨 말인 줄 알지?"

북궁천은 무심한 표정으로 그의 말을 끝까지 들었다.

머릿속에 몇 가지 의문이 뒤엉켜 휘도는데 아직 정리가 되지 않았다.

다만 한 가지 분명한 것은, 구양우경이 정상이 아닌 것 같다는 것이었다.

그리고 조관은 자의든 타의든 그 일에 연관이 되어 있었다.

"제가 나가서 한번 찾아보겠습니다."

"그럴 필요가 있을까?"

"그럼 당주께서 찾아보시든지……."

"가 보게. 대주가 안 보이는데 당연히 찾아야지. 하, 하, 하."

북궁천은 가볍게 포권을 취하고 돌아섰다. 더 이야기해 봐야 시간이 아까웠다.

천광호는 북궁천이 나간 후에야 털썩 자리에 앉아서 주먹을 움켜쥐었다.

'이 자식, 여자를 품고 들어오기만 해 봐라. 내 개코로 철저히 검사해서, 아구통을 그냥!'

북궁천은 혼자서 밖으로 나갔다.

서평까지 이십 리. 그는 천천히 걸어가며 이런저런 생각을 해 봤다.

주로 구양우경에 대한 생각이었다.

그가 헌원려려를 '내 것'이라고 할 때부터 뭔가 이상했다. 그런데 천광호의 말을 듣고 보니 더 확실해졌다.

그는 정신적으로 문제가 있는 자였다.

'혹시 려려도 알고 있는 것 아닐까?'

문득 그런 생각이 들었다. 그리고 생각하면 생각할수록 확실한 것 같았다.

그럼 왜 그녀는 그가 정신적으로 이상하다는 걸 알고도 그의 곁에 있으려고 하는 걸까?

'말도 안 돼. 그걸 알면서 어떻게 그자와 함께 있을 수 있어?'

북궁천은 고개를 저었다. 아무리 생각해도 억지처럼 느껴졌다.

바로 그 때, 저만치 숲 사이로 난 길에서 이상한 것이 보였다.

그는 구양우경에 대한 생각을 접고 미끄러지듯이 그곳으로 다가갔다.

숲 사이로 난 길 한쪽에 화살이 하나 비스듬히 꽂혀 있었다.

화살을 본 그의 눈빛이 깊게 침잠되었다.

'꽂힌 지 얼마 안 된 것이다.'

화살이 꽂힌 부위의 흙이 튀어나온 그대로 있었다. 하다 못해 이슬만 맞았어도 튄 자국이 가라앉아 있을 텐데 말이 다.

그는 우측의 숲을 바라보았다. 비스듬히 기울어진 방향 으로 봐서 화살은 그곳에서 날아온 것이었다.

왜 숲 속에서 화살이 날아온 걸까? 누가 쏜 걸까?

그는 그것을 확인하기 위해서 숲으로 들어갔다.

그리고 몇 걸음 들어가지 않아서 핏자국을 발견했다. 핏 자국은 점점이 떨어져서 길게 이어져 있었다.

곧 칼이나 검에 의해 덩굴과 잡목이 잘린 곳이 나왔다. 그 옆에는 핏방울이 사방으로 넓게 퍼져서 떨어져 있고, 잘 린 화살이 땅에 떨어져 있었다.

'싸움이 벌어졌다. 쫓아가는 자는 검으로 공격했고, 도주 하는 자는 활로 대응했다. 그리고 쫓아가던 자가 화살에 맞 았다.'

그런데 거기서 의문이 생겼다.

만약 조관이 활에 맞았다면 근처에 시신이 있던가, 아니 면 돌아왔어야 했다.

그게 아니라 조관이 쫓기고 있다면 활로 공격한다는 게 이해가 되지 않았다.

그가 갑자기 어디서 활이 생겼단 말인가?

북궁천은 도주한 자의 흔적을 쫓을 것인지, 공격한 자의 흔적을 쫓을 것인지 고민했다.

하지만 고민의 시간은 길지 않았다.

조관은 돌아오지 않았다. 적어도 쫓다가 물러서지는 않았다는 뜻. 그렇다면 도주한 자를 쫓아가 보면 뭔가 해답이 나올 것이었다.

해답은 이백여 장 전진했을 때 나왔다.

바닥에 찢어진 천 쪼가리가 떨어져 있었다. 짙은 청색. 회룡당 무사들의 복장과 같은 천이었다.

'빌어먹을, 조 대주가 쫓긴 건가?'

짙은 청색 옷이 회룡당의 전유물은 아니지만, 그만큼 조관일 확률이 높았다.

어쨌든 옷을 찢어서 상처를 싸맬 정도라면 상당히 큰 부상을 입었다는 뜻. 더구나 이백여 장 이상 핏방울이 떨어져 있었지 않은가.

북궁천은 그때부터 핏방울이 아닌 발자국으로 뒤를 쫓아야 했다. 상처를 싸매서 더 이상은 핏방울이 보이지 않았다.

북궁천이 조관을 발견한 것은 그로부터 이십 리를 더 전진한 후였다.

조관은 세로로 길게 갈라진 바위틈에 몸을 숨기고 등을 벽에 기댄 채 앉아 있었다.

그는 한 손에 활을, 한 손에 화살을 쥐고 머리만 밖으로 내밀고서 정신을 잃은 상태였다.

한쪽에는 검이 검집째 뒹굴고 있었는데, 검집 끝에 흙이 잔뜩 묻은 걸 보니 중심을 잡기 위해서 지팡이처럼 사용한 듯했다.

북궁천은 급히 그의 맥을 살펴보았다.

피를 너무 많이 흘려서 그의 살결은 창백하다 못해 하얗게 탈색된 상태였다. 그리고 맥은 너무 미약해서 금방이라도 끊어질 것 같았다.

"조 대주!"

북궁천은 그를 부르며 바위에서 등을 뗐다.

그가 기댔던 바위는 온통 피로 범벅되어서, 등을 떼자 검붉은 덩어리가 주르륵 흘러내렸다.

바위에서 등을 떼어 내자 상처를 대충 싸맨 천 사이로 쩍 갈라진 골짜기가 보였다.

북궁천은 명문혈에 우수를 대고 자신의 진기를 조관의 몸속에 주입했다.

살면 좋지만 반드시 살리겠다는 욕심은 부리지 않았다.

자신의 능력으로 살리기에는 너무 상처가 깊고 피를 많이 흘린 상태였다.

너무 냉정할지 모르지만 그가 원하는 것은 조관의 말 몇 마디였다.

그렇게 일각가량 진기를 주입하자, 조관의 몸이 가늘게 떨렸다.

"조 대주, 정신 차리시오!"

진기가 실린 음성이 조관의 영혼을 흔들었다.

조관은 삶의 마지막 끈을 붙잡고 눈꺼풀을 파르르 떨었다.

"단회린이오. 내 말 들리오?"

북궁천의 진기가 실린 나직한 목소리는 조관의 귀를 통해 뇌리를 울렸다.

파르르 떨리던 조관의 눈꺼풀이 위로 올라간 것은 그 때였다.

"다, 단화……린?"

"그렇소, 나요."

조관의 비틀어진 입꼬리가 잘게 떨렸다.

그는 죽기 전에 한 마디라도 더 해야겠다는 듯 곧바로 자신의 가슴에 쌓인 것을 쏟아냈다.

"수룡…… 만가…… 여자를 사…… 놈…… 어깨에…… 화살……."

들릴 듯 말듯 조관의 말이 이어졌다.

"나를…… 그냥…… 여기에…… 묻…… 놈들…… 의심할지…… 모르니……."

그의 입가에는 웃음마저 떠올라 있었다. 자신의 가슴에

담긴 것을 저승으로 가져가지 않게 된 것이 기쁘다는 듯.

그렇게 목소리가 잦아들고, 그는 그 표정 그대로 다시 눈을 감았다.

그리고 다시는 뜨지 않았다.

북궁천은 그의 등에서 손을 떼고 조심스럽게 눕힌 다음, 만장해저처럼 가라앉은 눈으로 그를 내려다보았다.

"당신은 정말 괜찮은 대주였소. 나 북궁천은 당신을 실망시켜 드리지 않을 거요, 조 대주."

*　　*　　*

구양우경은 장호문을 보며 눈을 가늘게 좁혔다.

"계획을 취소시켜라."

장호문은 아무런 의문도 품지 않고 대답했다.

"예, 소궁주."

"그자가 살아 있을 확률은?"

"검기에 등이 깊게 갈라져서 뼈와 내장까지 영향이 미쳤을 겁니다. 제가 지켜보던 반 시진 동안 돌아오지 않았으니 죽었다고 봐야 할 겁니다."

"흔적을 깨끗이 지우고 그자에 대해서 자세히 알아봐. 주위까지 철저하게."

"알겠습니다."

“다시 한 번 실수하면 용서치 않을 것이다.”

“용서해 주셔서 감사합니다.”

“가 봐.”

구양우경은 장호문이 나가는 걸 보며 찻잔을 들었다. 그리고 입술을 적신 후, 장호문이 나가고 방문이 닫히자 찻잔을 움켜쥐었다.

드드드득!

찻잔이 그의 손안에서 부서져 가루가 되었다.

‘멍청한 놈! 그렇게 신신당부했는데, 그런 실수를 하다니!’

붉은 입술을 잘근거리던 그는 새파란 눈빛을 번뜩였다.

‘내가 너무 오랫동안 믿었어. 일을 잘해서 그냥 놔두었더니, 연거푸 실수를 하는군.’

그는 손을 탈탈 털고 자리에서 일어났다.

그리고 언제 그랬냐는 듯 온화한 미소를 지으며 방을 나섰다.

상한 기분을 푸는 데는 서문려려를 바라보며 자신만의 상상의 나래를 펴는 것이 최고였다.

‘확실하게 내 것으로 만들어야 하는데, 제법 고집이 세단 말이야……’

*　　　*　　　*

흐릿한 등잔 불빛을 받은 천광호의 얼굴이 일그러졌다.

"조관이…… 조관이 죽었단 말이지?"

"예, 당주."

"죽인 놈은 수룡위사대원이고?"

"그렇습니다."

"지금 달려가면 안 되겠지?"

"당연합니다."

"제길, 제기랄!"

천광호는 벌떡 일어나서 서성거렸다.

분노가 가슴에 쌓였는데 풀 수 없으니 미칠 것 같았다.

북궁천은 그런 천광호를 바라보며 나직이 말했다.

"조 대주에 대한 복수는 제가 해 줄 겁니다. 그렇게 약속했습니다. 그러니 당주는 나서지 마십시오."

획 몸을 돌린 천광호의 눈에서 분노의 불길이 일렁거렸다.

"나보고 가만있으란 말인가? 동생처럼 생각했던 조관이 죽었는데?"

하지만 북궁천의 목소리는 변함이 없었다.

"더 큰 복수를 위해서 기다리라는 겁니다. 그리고 마지막 마무리가 진행될 때 나서십시오."

문득 천광호는 그의 무심한 목소리가 무섭게 느껴졌다.

도대체 단화린의 진짜 정체는 뭘까? 단화린이 진짜 이름일까?

'네 정체를 밝혀라!'

천광호는 그렇게 묻고 싶은 걸 꾹 참았다.

단화린의 정체가 밝혀지는 날이 헤어질 날이라는 것을 어렴풋이나마 느끼고 있는 그였다. 그는 아직 단화린과 헤어지고 싶지 않았다.

"좋아, 참으라면 참지. 대신 조관의 복수는 확실히 해야 하네."

"그럴 생각입니다. 시간이 걸리더라도 아주 확실히, 그 근원까지 철저하게 밝혀서 처리할 겁니다."

북궁천은 고저 없는 무심한 목소리로 말하고 자리에서 일어났다.

"누가 당주께 조 대주에 대해서 물으면, 임무 때문에 멀리 갔다고 하십시오."

"알았네. 그럼 당분간 자네가 대주를 맡아 주게."

"아닙니다. 대주는 다른 사람을 시키십시오. 제 생각으로는 백종오가 좋을 것 같습니다. 평소 말은 거의 없지만, 이 대의 무사들이 조 대주 못지않게 존중해 주더군요."

*　　*　　*

자시 무렵.

광원산장을 빠져나온 북궁천은 서평으로 갔다.

서평에 도착한 그는 고지경이 말한 점포 앞에 서서 골목을 바라보았다. 골목 안에서 깃발이 하나 펄럭이고 있었다. 가까이 가 보니 만가점이라는 글자가 쓰여 있었다.

주위를 좀 더 둘러본 그는 지붕을 넘어서 안으로 들어갔다.

어둠이 깔린 건물 안에는 온갖 잡동사니가 산더미처럼 쌓여 있었다.

그는 만가점 내부를 잘 아는 사람처럼 스스럼없이 움직여 안쪽으로 들어갔다.

만가점은 제법 넓었다.

그런데 어디에서도 인기척이 느껴지지 않았다.

천천히 걸음을 옮기며 만가점 내부를 돌아다니던 그는 남쪽 벽 앞에서 걸음을 멈췄다.

다른 곳은 물건이 쌓여 있는데 그곳만 비어 있었다. 그리고 가볍게 손가락으로 두들겨 보니 공명음이 났다.

그는 손바닥으로 가볍게 벽을 밀었다.

와직!

벽처럼 위장된 비밀문이 부서지며 어두운 통로가 드러났다.

통로 안으로 들어간 북궁천은 통로 끝에 있는 또 다른

문을 부수고 안쪽으로 들어갔다.

그 안쪽은 화려하게 치장된 방이었는데, 핏속에 누워 있는 세 구의 시신이 그를 맞이했다.

북궁천은 한쪽에 있는 등잔의 심지를 향해 가볍게 지풍을 튕겼다.

화악! 강력한 삼매진화에 불꽃이 피어났다.

그는 밝아진 방안을 자세히 둘러보았다. 벽이나 바닥, 천장에 난 실낱같은 틈도 놓치지 않았다.

그렇게 이각이 지날 즈음, 그는 문갑 뒤의 비밀 서랍에서 작은 상자 하나를 발견했다.

상자 안에는 천금의 가치가 있는 보화와 이곳의 주인이 기록한 것처럼 보이는 비밀 장부와 일지가 들어 있었다.

북궁천은 먼저 일지를 살펴보고는, 상자를 통째로 품속에 넣고서 밀실을 나왔다.

밀실을 나서는 그의 무심한 두 눈에서는 조금 전과 달리 스산한 살기가 휘돌았다.

*　　　*　　　*

수룡위사대의 신상에 대한 것은 철저히 가려져 있었다. 기껏해야 얼굴만 드러냈을 뿐.

그나마도 구양우경이 출정했기에 다수의 수룡위사대원이

얼굴이라도 알려진 것이었다.

북궁천은 수룡위사대원 중 모습을 감춘 자를 먼저 추려 보았다.

화살이 어깨에 박혔다면 요상을 해야 할 터. 당분간 넘 앞에 모습을 보이지 않을 게 분명했다.

그 일에는 태극문의 제자들과 이조량이 나섰다.

그들조차 조관의 죽음을 알지 못했다. 감정이 앞서서 실수라도 하면 위험해질까 봐 북궁천이 알려 주지 않은 것이다.

그들은 구양우경이 머무는 별채 근처를 오가며 하나, 하나 파악했다. 그리고 그 사람들의 특징을 북궁천에게 보고했다.

그렇게 한나절을 파악한 결과, 보이지 않는 자는 모두 넷으로 드러났다. 그리고 그중에는 수룡위사대의 무사들을 지휘하던 장호문도 끼어 있었다.

그들을 모두 조사해 보면 누가 조관을 죽였는지 알 수 있을 테지만, 북궁천은 서두르지 않았다.

수룡위사대는 구양우경을 최측근에서 호위하는 자들이었다. 서두르다가 역공을 당하면 자신의 입장만 난처해질 터. 좀 더 완벽한 증거를 잡아서, 철저히 몰락시켜야 했다.

자신을 위해서. 그리고 헌원려려를 위해서.

그사이 장호문도 수하들을 시켜 얼굴에 상흔이 있는 자에 대해서 조사를 마치고, 그날 저녁 구양우경에게 보고했다.

"회룡당의 이대 대주 조관이란 자입니다."

굳이 많은 말이 필요 없었다. 그 말만으로도 구양우경의 얼굴이 구겨졌다.

"단화린이 속한 대의 대주 말이냐?"

"예, 소궁주. 천 당주는 수하들에게, 그가 임무를 수행하기 위해 멀리 갔다고 말한 모양입니다."

"미친 호랑이가 조관의 죽음에 대해서 안다고 보느냐?"

"가능성은 반반입니다."

구양우경은 생각만으로도 짜증이 났다.

"하필 광호의 수하라니. 골치 아픈 일이 벌어지기 전에 미리 처리해야겠군."

"최근 들어 광호가 많이 달라졌습니다. 알면서 조용하다면 나름대로 꿍꿍이가 있다는 뜻이니 잠시 지켜보면서 기회가 나면 처리할까 합니다."

구양우경은 무릎을 꿇고 있는 장호문의 머리를 노려보았다.

"광호나 단화린에 대한 처리는 내가 알아서 할 것이다. 그러니 너는 함부로 모습을 드러내지 말고 부상부터 치료해라."

“소궁주, 제 실수로 일어난 일이니…….”

무심코 말하며 고개를 들던 장호문은 구양우경과 눈이 마주치자 황급히 입을 다물었다.

“호문, 내가 그 이유까지 말해야 하느냐?”

“죄송합니다, 소궁주. 명대로 하겠습니다.”

“그만 가 봐라.”

잠시 후.

구양우경은 장호문이 나가자 붉은 입술의 부푸러기를 이로 뜯어냈다.

‘감히 내 말에 토를 달다니! 역시 너무 오래 놔두면 안 돼.’

第三章

토사구팽(兎死狗烹)

삼성궁이 광원산장을 차지한 지 닷새째 되던 날.

석양이 지기 직전에 천무회와 무림맹의 무사들이 도착했다.

천무회에서 이백, 무림맹에서 삼백. 모두 오백에 이르는 무사들이 합류하자 분위기가 한층 뜨거워졌다.

말이 오백이지, 그들 중에는 평생 가도 얼굴 한 번 보기 힘든 절대 고수도 있었고, 강호 제일의 가문임을 자랑하는 세가의 주인들도 있었다.

천사교가 아무리 지독하고 강하다 해도 당장 무너뜨릴 수 있을 것 같은 전력이었다.

그날 저녁.

위효릉은 식사를 마치자마자 각 세력의 수뇌부를 불러 천사교를 치기 위한 회의를 열었다.

삼성궁에선 위효릉과 백리진, 등조립, 임강령, 선우강, 구양우경, 그리고 뒤늦게 합류한 비룡가의 장로 천승문이.

천무회에선 관호명과 사공강후, 거기다 천무십절 중 세 사람이.

무림맹에선 남궁세가주 남궁원과 황보세가의 장로 황보궁, 소림오불 중의 공한 대사, 무당 장로 청명 도장, 화산의 원로 우명자가 회의에 참여했다.

총인원은 스물일곱 명. 그들 모두 각 세력을 대표하는 인물들로 심지어 당주급 간부조차 상당수가 배제되었다.

"……그러므로, 일단 철은보를 취하고 상주까지 올라가는 게 최우선이라는 생각입니다. 그렇게만 되면 화산, 종남과 연계해서 놈들을 섬멸할 수 있을 겁니다."

위효릉은 일각에 걸쳐서 자신의 기본 구상을 말하고 좌중을 둘러보았다.

묵묵히 듣고 있던 사람들 중 쉰 살가량의 중년인이 말했다.

"각주, 천사지존은 지금 어디에 있소?"

"아직 정확한 위치는 확인되지 않았습니다. 남궁 가주."

남궁세가의 가주 남궁원은 위효릉의 말을 듣고 미간을 좁혔다.

"적의 수장 위치도 확인되지 않았는데, 쉬지 않고 상주까지 공격하는 것은 너무 무리하는 것 아니오?"

"저도 쉽지 않은 일인 줄은 압니다만, 여유를 주지 않고 몰아붙이려면 어쩔 수 없습니다. 섬서는 이미 놈들의 세력권에 들어가 있어서 숨 돌릴 틈을 주면 자칫 역습을 당할 공산이 큽니다."

이번에는 천무회 쪽에서 한 사람이 나섰다.

"솔직하게 말해 봅시다, 각주. 그러한 공격이 현재 우리의 전력만으로 가능하겠습니까?"

입을 연 자는 이제 이십 대 중반의 청년이었다.

각진 얼굴에 떡 벌어진 어깨. 가만히 앉아 있는 것만으로도 강함이 느껴지는 청년. 그는 천무회주의 아들인 사공강후였다.

사실 그의 질문은 스스로 나약함을 드러내는 것처럼 보일 수도 있었다. 하지만 장내의 누구도 그를 나약하다 생각하지 않았다.

그가 바로 강호에서 가장 강한 청년 고수 다섯 사람 중 하나인 천무공자(天武公子)인 것이다.

위효릉은 담담히 웃으며 말했다.

"사공 공자, 각 문파의 최고 정예 일천삼백이 모였소. 철은보에 있는 천사교도의 숫자가 일천이 넘어간다 하지만 어찌 우리와 비교될 수 있겠소?"

그의 말에 구양우경이 몇 마디 덧붙였다.

"사공 형, 난 세 사람이 상남에 가서 려매를 구했소. 수백 명의 공격 속에서 말이오. 천사교도의 숫자는 별 의미가 없다는 게 내 생각이오."

사공강후는 신광을 번뜩이며 구양우경을 바라보았다.

"그러잖아도 좀 전에 그 이야기를 들었소. 심려가 컸을 텐데, 무사히 구했다니 참으로 다행이오."

"고맙소."

두 사람은 서로를 직시한 채 시선을 돌리지 않았다.

장내에 있던 사람들은 각 세력을 대표하는 두 청년 고수가 암중에 기 싸움을 벌이는 걸 보고 담담한 미소를 지었다.

그러나 언제까지 놔둘 수는 없는 일. 천무회 쪽에 앉아 있던 사람 중 장대한 체구의 중년인이 입을 열어서 두 사람의 눈싸움을 중단시켰다.

"각주가 그런 구상을 했을 때는 구체적인 계획도 세워 두었을 것 같소만, 어디 말해 보시지요."

그는 다름 아닌, 금황신군 관호명이었다.

위효릉은 관호명이 입을 열면서 사공강후와 구양우경이 눈싸움을 멈추자 은은한 미소를 지으며 대답했다.

“그렇습니다, 관 대협. 시영, 그것을 가지고 이쪽으로 나와라.”

그가 고개를 우측을 보며 말하자, 조용히 서 있던 장한이 두루마리를 들고 나와서 좌중을 향해 폈다.

두루마리에는 상남과 상주를 비롯해서 섬서 남동부의 지형이 세밀하게 그려져 있었다.

“자, 모두 이쪽을 봐 주시지요.”

*　　　*　　　*

천무회와 무림맹의 주요 인물에 대한 이야기는 순식간에 광원산장을 불타오르게 했다.

경비 임무를 마치고 온 이조량은 자신이 들은 이야기를 들뜬 표정으로 쏟아 냈다.

북궁천은 천무회에서 온 사람 중에 금황신군 관호명이 포함되어 있다는 말을 듣고 이채를 번뜩였다.

태행산 북쪽의 이름 모를 산중에서 벌어진 싸움을 어찌 잊을 수 있을까. 그 싸움으로 자신은 내상을 입고, 결국 단무영이 어디론가 떠나 버렸지 않았는가 말이다.

정상적인 대결이었던 만큼 복수심이 불타오르진 않았다.

그러나 패배에 대한 빚은 반드시 받아 낼 작정이었다. 단무영을 위해서라도.

‘관호명, 그대는 천사교보다 나를 더 걱정해야 할 것이
다.’

이조량은 북궁천의 마음도 모르고 부러워하는 표정을 지
으며 말을 이었다.

“그리고 천무공자는 저희와 비슷한 나이인데, 실력은 관
대협에게 뒤지지 않는다고 합니다.”

북궁천도 천무공자 사공강후에 대한 말을 들어 본 적이
있었다.

신룡공자 구양우경과 함께 하남 무림에서 쌍벽을 이룬다
는 청년 고수.

무공만 따지면 구양우경보다 강할 거라 했다.

‘구양우경과 사공강후라……’

그 때 문득 멋진 생각이 하나 떠올랐다. 구양우경으로선
치를 떨 생각일지 모르지만.

‘이번 기회에 누가 더 잘났는지 비교해 보는 것도 괜찮겠
지.’

한편, 회의를 마치고 자신의 방으로 돌아간 구양우경은
이를 악물었다.

‘사공강후, 네가 나보다 뛰어나다는 강호의 소문이 잘못
되었다는 걸 이번 기회에 확실히 알려 주마!’

“공자, 무슨 일이 있었나요?”

헌원려려가 그의 표정을 보고 의아한 눈빛으로 바라보았
다.

구양우경은 거짓말처럼 분노의 눈빛을 지우고 빙그레 웃
었다.

"하하, 아무것도 아니오. 천무회에서 사공강후가 왔는데,
고집이 조금 센 것 같아서 걱정이 되었을 뿐이오. 자, 우리
차나 마십시다."

헌원려려는 더 이상 묻지 않고 차를 따랐다.

구양우경은 차를 따르는 헌원려려의 목덜미를 유심히 들
여다보며 침을 삼켰다.

오늘 따라 유난히 피가 끓었다.

사공강후 때문인지, 아니면 등잔불에 비친 헌원려려의 목
살이 유난히 하얗게 보여서 그런 것인지 몰라도 참을 수가
없었다.

'표 안 나게 하면······.'

*　　*　　*

밤이 깊어 가는 시각. 이정한이 북궁천 옆으로 다가와서
넌지시 말했다.

"대형, 황보 형과 종리 형도 무림맹 무사들과 함께 온 모
양입니다."

어느 정도 짐작했던 일. 그러잖아도 밖으로 나가지 못해 안달하던 황보청이 이런 절호의 기회를 놓칠 리 없었다.

아는 척하면 자신의 처지가 곤란해질 것 같아서 접근을 자제하고 있는 것일 뿐.

"혹시라도 보면 모른 척하라고 해."

"굳이 그럴 필요 있겠습니까?"

"관심 끌어서 좋을 것 없다. 소궁주가 그 사실을 알면 한시도 시선을 떼지 않을 거다."

이정한은 흠칫하며 순순히 그의 말을 수긍했다.

"알겠습니다."

"수룡위사대에 대한 것은 어떻게 됐지?"

"현재 두 사람만 파악이 안 되고 있습니다."

두 사람이면 거의 답이 나온 거와 같다.

"그럼 이제부터 손을 떼."

"예? 조금만 더 살펴보면 한 사람을 더 추려 낼 수 있을지 모르는데, 그만둬요?"

"지나친 욕심은 화를 부르는 법이야. 그 정도만 해도 아주 잘해 줬어."

이정한은 북궁천의 칭찬에 머쓱하게 웃으며 머리를 긁적였다.

"알겠습니다, 대형. 그렇게 하죠."

"그 두 사람이 누군지 말해 봐."

이정한은 슬쩍 주위를 둘러보고는 숫자 두 개를 말했다.

"일호와 사호입니다."

어차피 그들의 이름은 알지 못했다. 그저 인상착의만 알 뿐.

하지만 각자의 인상착의에 따라서 숫자로 표시해 놨기에 북궁천은 그것만 듣고도 누구를 말하는지 알았다.

*　　*　　*

장호문은 자신이 숨어 있는 지하 밀실로 은밀히 찾아온 장한을 보고는 담담한 표정으로 물었다.

"뭐라고 하시더냐?"

"며칠만 더 참으라 하셨습니다."

"하긴 철은보를 공격하게 되면 그놈들도 떠나겠지."

"형님은 여기 남아서 아가씨를 보호해야 할 거요."

"알았다. 소궁주께 걱정 말라고 말씀드려라. 내 목숨을 바쳐서라도 아가씨께 다시는 그런 일이 일어나지 않도록 할 테니까."

"그대로 전하지요. 자, 그럼 저는 이만 가 봐야겠습니다."

장한은 더 할 말이 없다는 듯 어깨를 으쓱하며 몸을 일으켰다.

그가 과장된 몸짓을 하며 일어나자 등잔불이 춤을 췄다.

그 때 그가 뭘 봤는지 한쪽 벽을 가리켰다. 그가 가리키는 곳에는 십여 종류의 무기가 세워진 병기대가 있었다.

"저 무기들은 원래 이곳에 있던 겁니까?"

장호문은 벽 쪽으로 걸음을 옮기며 말했다.

"그래. 아마 전 주인이 이곳에서 무공을 수련했던 것 같다. 쓸 만한 무기는 없다만……."

그 때였다.

'헛!'

섬뜩함을 느낀 장호문은 급히 몸을 틀었다.

하지만 찰나간의 차이로 한 줄기 뇌전이 몸을 관통했다.

'흡!'

외마디 비명을 속으로 삼킨 장호문은 눈을 부릅뜨고 가슴을 내려다봤다.

가슴을 뚫고 세 치가량 튀어나온 검첨에서 핏방울이 주르륵 흘러내리고 있었다.

그나마 몸을 트는 바람에 심장을 벗어나긴 했지만, 가슴이 관통당한 충격에 온몸이 벼락을 맞은 것처럼 떨렸다.

"너…… 네가……."

겨우 입을 여는 그의 등 뒤에서 무심한 목소리가 흘러나왔다.

"명령이 떨어져서 어쩔 수 없었습니다. 이해해 주십시오."

"소, 소궁주…… 냐?"

"그렇습니다."

"아무리 그래도…… 어찌 네가……."

"형님도 아시잖습니까. 거부하면 제가 죽는다는 걸."

"크, 크크. 과, 과연…… 소궁주군. 내가…… 가장 믿는…… 너를…… 이용하다니……."

"저를 너무 원망하진 마십시오. 형님이 스스로 자초한 일이니까요."

"검을…… 검을 천천히…… 빼다오. 죽더라도…… 고통스럽게…… 죽고 싶진……."

"알았습니다. 내 어찌 형님의 마지막 부탁도 못 들어주겠습니까?"

등 뒤에 서 있던 장한은 착잡한 어조로 말하며 검을 천천히 잡아 뺐다.

검신의 길이가 한 자 조금 넘는 단검이었다.

행여나 의형인 장호문이 눈치챌까 봐, 검집도 없는 단검을 품속에 넣어서 들어온 터였다.

단검을 완전히 빼낸 그는 손을 늘어뜨린 채 장호문을 돌아 앞으로 갔다.

그가 걸음을 옮길 때마다 검첨에서 핏물이 뚝뚝 떨어지고, 장호문의 몸은 더욱 거세게 떨렸다.

그렇게 장호문의 앞에 선 그는 미안한 마음에 소궁주가 장호문을 죽이려 한 이유를 말해 주었다.

"형님은 소궁주의 말에 토를 달지 말았어야……."

그 순간!

덜덜 떨던 장호문의 옆구리에서 번개가 솟구쳤다.

말을 하던 자는 섬광을 느낀 순간 본능적으로 몸을 젖히며 단검을 휘둘렀다.

하지만 그가 몸을 한 자쯤 젖혔을 때, 섬광이 그의 턱을 꿰뚫었다.

콰직!

뼈가 꿰뚫리는 소리!

섬광은 턱을 뚫고 뒤통수로 삐져나왔다.

쨍그랑!

비명도 내지르지 못한 장한의 손에서 단검이 바닥으로 떨어졌다.

그리고 그는 검을 턱에 꽂은 채 그대로 뒤로 넘어갔다.

쿵!

마지막 남은 진기로 최후의 한 수를 펼친 장호문은 비틀거리며 의자를 붙잡았다.

"최후까지 방심하지 말라고…… 그렇게 가르쳤는데도…… 너는…… 또 잊었구나, 구명."

나직한 목소리와 함께 그의 입에서 실핏줄이 흘렀다.

몸을 튼 덕분에 심장이 뚫리는 것은 겨우 면했다.

검을 천천히 뽑으라는 것도 자칫 심장이 다칠까 봐 한 말이었다.

하지만 심장이 뚫리지 않았다 해도 그의 상처가 치명적인 것만큼은 분명했다.

느릿하게 숨을 몰아쉬며 한 올, 한 올 진기를 모은 그는 관통 부위를 지혈했다. 그리고 한때 아우라 불렀던 사구명이 떨어뜨린 단검을 주워서 옷을 찢어 자신의 상처를 감쌌다.

얼마나 살 수 있을지 자신도 알지 못했다.

몇 걸음 걷다가 쓰러져 죽을 수도 있고, 운이 좋으면 며칠은 버틸 수도 있을 것이다. 신의를 만난다면 살 수 있을지도 모르고.

대충 상처를 손본 그는 병기대에 세워져 있는 창을 지팡이처럼 이용해서 걸음을 옮겼다.

입구로 향하는데 자신의 손에 죽은 아우가 보였다.

흔들리는 등잔불 때문에 아우의 얼굴이 살아 있는 것처럼 움직이고 있었다.

그리고 그 모습을 바라보는 장호문의 눈빛도 거세게 흔들렸다.

'소궁주, 최소한 구명 아우를 이용하진 말았어야 했소. 당신 때문에 나는 하나 있는 의동생마저 마음에서 영원히 떠나보내고 말았소. 당신 때문에……'

구양우경은 헌원려려를 보면서 마음껏 상상의 나래를 펼쳤다.

그녀가 시뻘게진 얼굴로 거친 몸짓을 하며 숨을 헐떡이는 걸 상상하니 황홀감마저 느껴졌다.

'약만 떨어지지 않았으면 진즉 즐겨 봤을 텐데. 제길, 그냥 하자고 하면 이 계집이 나를 완전히 거부할지도…… 아니지, 이 기회에 저질러 버려?'

그는 눈을 번들거리며 붉은 입술을 혀로 핥았다.

죽이지만 않는다면 누가 감히 자신을 뭐라 할 것인가.

'피도 봤으면 좋겠는데…….'

새하얀 헌원려려의 목을 날카로운 손톱으로 살짝 그으면 핏방울이 맺힐 것이다.

남이 볼 수 없는 곳을 그으면 될 것 같다.

이 계집의 피 맛은 어떤 맛일까?

생각할수록 심장 박동이 더욱 거세지고 하체에 힘이 들어갔다.

그 때였다.

"소궁주, 드릴 말씀이 있습니다."

밖에서 나직한 목소리가 들렸다. 초조감이 배어 있는 목소리였다.

상상이 물거품처럼 흩어지자 구양우경은 분노가 깃든 눈을 치켜뜨고 방문을 바라보았다.

"무슨 일이냐?"

"사룡이 죽은 채 발견되었습니다."

구양우경은 와락 눈살을 찌푸리고 다시 물었다.

"호문은?"

"사라졌습니다."

"빌어먹을!"

자신도 모르게 외마디 욕을 내뱉은 구양우경은 자리에서 일어나 방문을 향해 걸어갔다.

헌원려려는 그런 구양우경의 뒷모습을 바라보면서 소리 나지 않게 숨을 내쉬었다.

탁자 밑에 있는 두 손이 잘게 떨렸다.

'너무 무서운 눈빛이었어.'

구양우경과 시선이 마주친 것은 잠깐에 불과했다.

하지만 얼핏 본 그의 눈빛이 너무 두려워서 두 번 다시 바라볼 용기가 나지 않았다.

무슨 이유인지 몰라도 그의 눈빛은 기이한 열기로 번들거리고 있었다.

단순한 욕정이 아닌 것만은 분명했다.

저 사람은 자신에게 뭘 원하는 걸까? 왜 그런 눈빛으로 자신을 훔쳐본 걸까?

'내가 너무 가볍게 생각한 걸까?'

구양우경의 성격이 알려진 것과 달리 냉혹하다는 것은 전부터 알고 있었다.

자신의 것을 남에게 빼앗기는 것을 극도로 싫어한다는 것도 익히 알고 있는 사실이었다. 그 때문에 북궁천의 요구를 거절했던 것이 아닌가?

자신이 북궁천에게 가면 구양우경은 진아를 순순히 내놓지 않을 테니까. 포원산장를 괴롭히는 것이야 말할 것도 없고.

그런데…… 그런 성격 외에 또 다른 무엇이 있는 것 같다.

자신이 알지 못하는 무언가가.

저 깊은 곳에, 생각하는 것조차 두려운 어떤 사실이 철저하게 숨겨져 있는 것 같다.

그녀는 잘게 떨리는 두 손을 있는 힘껏 움켜쥐었다.

'그걸 알아야 돼. 진아를 위해서라도……'

＊　　　＊　　　＊

태양이 동천으로 떠오른 직후, 광원산장의 정문이 활짝 열렸다.

북궁천은 뒤쪽에서 서서 쏟아져 나가는 무사들의 뒷모습을 바라보았다.

‘철은보를 바로 칠 모양이군.’

아직 공격 방법에 대해서 알려진 것은 없었다. 정확한 계획은 회의에 참석했던 간부들만이 알고 있을 뿐.

믿었던 양고명마저 간세로 드러났거늘, 누가 또 간세인 줄 어찌 안단 말인가.

그러나 거의 전체라 할 수 있는 인원이 움직이는 걸 보면 철은보 공격이 확실한 듯했다.

“우리도 슬슬 뒤따라가 볼까? 송찬, 출발해.”

천광호가 수염을 쓰다듬으며 일대주 송찬에게 출발 명령을 내렸다.

일대는 바로 승룡당의 꼬리에 달라붙었다.

북궁천은 그들의 뒤를 따라가기 전 슬쩍 고개를 돌려서 별채 쪽을 바라보았다.

구양우경이 검신가의 장로들과 나란히 서 있고, 그 주위를 수룡위사대원들이 둘러싸고 있었다.

그런데 이상하게도 헌원려려가 보이지 않았다.

구양우경이 왜 그녀를 데리고 나오지 않은 걸까?

그녀는 왜 구양우경이 출정하는데 나오질 않는 걸까?

왜?

‘많이 아픈가?’

납치당했을 때의 후유증이 이제야 겉으로 드러났을 수도 있다.

그 당시 몸에 열이 있다고 했는데, 며칠간 밖으로 나오지 않은 걸 보면 병이 심해진 것일지도 모르는 일. 구양우경의 표정이 밝지 않은 걸 보면 그럴 가능성이 크다.

어젯밤 무슨 일이 있었는지 모르는 그로선 그리 생각할 수밖에 없었다.

'제길, 그러게 왜 저놈에게 가?'

그 때 구양우경이 그를 향해 고개를 돌렸다.

평소보다 싸늘한 눈빛. 독사의 눈빛이 저럴까 싶다.

헌원려려에 대해서 물어볼까 했는데, 그의 눈빛을 보니 물어본다 해서 알려 줄 것 같지도 않았다.

'왜 그런 눈빛으로 쳐다봐? 내가 그렇게 싫은가? 웃기는 놈이군. 싫은 걸 따지면 내 마음이 너보다 몇 배는 더하다는 걸 알아라!'

"대형, 우리도 가지요."

이정한이 부른 후에야 그는 다시 고개를 돌리고 걸음을 옮겼다.

'아프지 마라, 려려. 네가 그러면 내 마음도 아프니까.'

삼성궁 무사들을 필두로 천무회와 무림맹 무사들이 광원 산장을 나와 서쪽으로 달려갈 무렵. 광원산장이 내려다보이는 산 정상에서 누군가가 불을 피웠다.

젖은 나무 때문인지, 아니면 연기가 많이 나는 나무를 태워서 그런지 몰라도 불은 짙은 연기를 내며 타올랐다.

오늘처럼 맑은 날씨라면 수십 리 떨어진 곳에서도 볼 수 있을 정도였다.

*   *   *

광원산장을 나선 연합 세력의 무사들이 상남에서 이십 리 떨어진 곳에 도착한 것은 두 시진 후였다.

그들은 그곳에서 이각가량 휴식을 취하며 다시 한 번 공격 계획을 점검했다.

삼대 세력의 수뇌부는 그곳에 도착해서야 구체적인 공격 계획을 간부들에게 말해 주었다.

그리고 잠시 후. 세 무리로 갈라진 연합 세력은 상남에서 남쪽으로 오 리가량 떨어진 철은보를 향해 달려갔다.

삼성궁, 천무회, 무림맹.

일천삼백의 무사 누구도 망설이지 않았다.

약간 뒤로 처진 회룡당은 삼성궁과 무림맹 무사로 이루어진 중앙의 공격대를 따라갔다.

구양우경과 등조립, 백리진은 삼성궁 무사 오백을 이끌고 남쪽을, 사공강후는 천무회와 삼성궁 무사 이백이 합류한 인원을 이끌고 북쪽을 치기로 했다.

첫째, 천사교도들이 눈치채기 전에 최대한 빨리 접근한

다.

둘째, 동시에 삼방을 포위공격하고 빠져나갈 곳을 하나만 열어 둔다. 빠져나갈 곳이 있으면 저항이 약해지는 법이니까.

셋째, 빠르고 강력한 공격으로 피해를 줄인다.

그것인 공격의 기본 골격이었다.

그리고 대부분의 사람들은 성공을 의심치 않았다.

현재까지 알려진 적의 숫자는 일천이 조금 넘는 정도. 숫자도 자신들이 많았고 개개인의 무공도 자신들이 강했다. 패할 이유가 없는 것이다.

정예 무사들에게 이십 리는 먼 거리가 아니었다.

반 각이 지나자 상남이 보였고, 조금 더 가자 철은보가 눈앞에 모습을 드러냈다.

천사교도들이 그들을 발견한 것은 그 때였다.

경비를 서고 있던 천사교도들은 개미떼처럼 밀려드는 연합 세력의 무사들을 보고 고함을 질러 댔다.

"적이다! 적이 쳐들어온다!"

"비상! 비사아아앙!"

"적이 남쪽에서 쳐들어온다!"

"북쪽도 놈들이 오고 있다!"

"서쪽도 마찬가지다! 빨리 나와서 적을 막아라!"

둥둥둥둥둥!

연합 세력 무사들은 철은보에서 빠르게 울리는 북소리에 더욱 힘찬 걸음을 내딛었다.

스릉! 챙! 철걱, 철걱!

일천삼백 무사가 일제히 무기를 빼 들자 살기가 충천했다.

"정의를 위해, 놈들을 쳐라!"

"아수라의 추종자들을 지옥으로 보내라!"

"아미타불! 인과응보의 살계를 열리라!"

와아아아아!

그 때 철은보 내에서 수백 명의 무사들이 쏟아져 나왔다.

그리고 곧 연합 세력과 뒤엉켰다.

회룡당과 함께 약간 뒤로 처진 북궁천은 이마를 찌푸렸다.

마침내 선두가 적과 맞닥뜨렸다.

싸움이 시작된 지 얼마 되지도 않았는데 벌써 천사교도 수십 명이 피를 흘리며 쓰러진 상태. 모두가 예상한 대로 천사교도들은 연합 세력 정예 무사들의 상대가 되지 못했다.

북궁천이 의문을 품은 것은 바로 그 때문이었다.

'너무 약해.'

저들이 무림맹과 천무회의 무사들이 합류했다는 것을 모

를 리 없다. 당연히 공격을 예측하고 만반의 준비를 했을
터.

그런데 고수라 할 만한 자는 소수고, 전면에 나선 자들
은 대부분 일반 교도들이었다.

"우리도 합류하세!"

그가 고민하고 있는데 천광호가 소리쳤다.

적이 코앞까지 다가와서 더 이상 머뭇거릴 여유가 없었
다.

자신이 말한다 해도 바뀌지 않을 상황. 북궁천은 고민을
일단 제쳐 두고 적을 향해 신형을 날렸다.

철은보에서 다시 북소리가 울린 것은 싸움이 벌어진 지
일각가량 지났을 때였다.

천사교도들은 북소리가 울리자마자 정신없이 철은보 안
으로 도주했다.

"놈들이 도망친다! 쫓아라!"

"놈들의 수괴를 찾아서 제거해라!"

승기를 잡은 연합 세력의 수장들은 무사들을 독려하며
철은보 안으로 진입했다.

북궁천은 뒤쫓지 않고 도주하는 자들의 등만 바라보았
다.

죽음을 두려워하지 않던 자들이 기다렸다는 듯 도주한

다. 이미 약속이 되어 있다는 말. 무엇을 위해서 도주하는
걸까?

왠지 불길한 느낌.

북궁천은 천광호에게 주의를 주었다.

"당주, 아무래도 뭔가 이상하오."

"뭐가 말인가?"

"놈들이 평소와 달리 너무 소극적이오. 서둘지 맙시다."

"겁을 먹어서 그런 것일 수도 있지 않은가?"

"당주는 천사교도들이 겁먹고 움츠리는 자들이라 생각하
시오?"

그럴 놈들 같았으면 수뇌부의 지나친 자신감에 불만을
가질 이유도 없었다.

"그럴 놈들은 아니지. 그러고 보니 자네 말대로 조금 이
상하군."

그러나 의문을 풀 시간도, 다른 사람들에게 알릴 여유도
없었다.

잠깐 사이, 연합 세력의 무사들 태반이 철은보로 진입한
상태였다.

"일단 들어가 보세."

철은보 내에서의 상황도 크게 다르지 않았다.

쫓고 쫓기며 격전은 이어졌고, 죽어 가는 자들은 대부분

천사교도들이었다.

조금 다른 점이라면 밖에서보다 훨씬 더 강력하게 저항한다는 것이었다.

죽음을 두려워하지 않고 말이다.

미리 말을 들었음에도 상대를 얕본 일부 무사는 그 바람에 뜻하지 않은 부상을 입어야만 했다.

"놈들은 목숨이 붙어 있을 때까지 달려드는 자들이오! 쓰러뜨릴 때 확실히 처리하시오!"

"목을 쳐서 죽음을 확인해!"

여기저기서 인정을 베풀지 말라는 소리가 요란하게 터져나왔다.

무림맹의 무사 중 불가와 도가에 속한 제자들은 연신 불호와 도호를 외며 적의 목숨을 끊었다.

중상을 입은 자를 죽인다는 것은 참으로 할 짓이 아니었다.

그러나 한 줌 숨결만 남아 있어도 도검을 들이미는 천사교도를 상대하기 위해서는 다른 방법이 없었다.

그렇게 죽고 죽이는 사이 철은보의 싸움도 서서히 잦아들었다.

*　　　*　　　*

사지가 잘리고 살이 쩍쩍 벌어진 시신에서 흘러나온 피로 대지가 시뻘겋게 물들었다.

피를 밟고 사는 게 강호의 삶이라지만, 어지간한 사람들도 속이 울렁거릴 정도로 피비린내가 진동했다.

죽은 천사교도의 숫자는 사오백가량. 잠깐 동안의 싸움치고는 엄청난 피해였다.

반면 삼성궁과 천무회, 무림맹의 사망자는 칠팔십 명에 불과했다. 부상자는 이백여 명. 그중 중상자는 사오십 명 정도였다.

완벽한 대승!

위효릉은 자신의 생각이 적중한 것이 만족스러운 듯 활기찬 표정으로 명령을 내렸다.

"삼성궁의 무사들은 구덩이를 파서 시신을 묻고 부상자들을 방으로 옮겨서 치료하라!"

천무회와 무림맹의 무사들도 팔을 걷고 나섰다.

회룡당은 당연하게도 가장 먼저 나서서 부상자를 방으로 옮겼다.

북궁천 역시 대원들과 함께 부상자를 처리했다. 짙은 피비린내 속에서도 그의 표정은 별반 흔들림이 없었다.

하지만 그런 겉모습과 달리 머릿속은 무척이나 혼란스러웠다.

'내가 너무 깊게 생각했나?'

우려했던 천사교의 역습은 없었다. 그들의 주력은 일찌감치 도주했고, 남은 자들은 죽을 때까지 싸우다 전멸했다.

너무 확실한 결과. 허탈감이 들 정도다.

북궁천은 쓴웃음을 지으며 고개를 흔들었다.

'병법에 밝은 사람들이 많으니 알아서 하겠지……'

찝찝함을 털어 낸 그는 부상자의 상처를 천으로 감싸 주었다.

몇 번 해 보다 보니 손길이 제법 익숙해져 있었다.

그렇게 부상자의 치료가 거의 끝나 갈 즈음, 철은보의 삼층 전각에 각파의 수뇌들이 모였다.

그리고 한 시진 후. 휴식을 취하고 있는 무사들에게 집합 명령이 떨어졌다.

북궁천은 명령과 함께 전해진 계획을 듣고 눈살을 찌푸렸다.

"당주, 정말 상주까지 곧바로 친답니까?"

"그럴 모양이네."

연합 세력의 무사는 부상자를 지킬 사람을 제외하고 일천 정도다.

천사교는 광원산장과 철은보의 싸움에서 일천에 달하는 피해를 입은 상황. 설령 상주에 있는 적이 자산들보다 많다 해도 지금까지의 싸움만 봐서는 두려워할 것이 없었다.

천광호도 그런 마음이기에 수뇌부의 결정에 반대하지 않았다.

"왜? 마음에 걸리는 거라도 있나?"

"천사교가 너무 힘없이 이곳을 포기한 것 같아서 왠지 찜찜합니다."

"너무 신경 쓰지 말게. 잠은각과 문현각이 함께 움직이며 계획을 짜는데, 어련히 잘 알아서 하겠나? 나서 봐야 좋은 소리 나오지 않을 테니 일단 하라는 대로 하세."

천광호는 피식 쓴웃음을 짓고 저 앞쪽에 모여 있는 수뇌부들을 바라보았다.

입은 웃고 있지만 눈빛은 그 어느 때보다 차가웠다.

"그보다…… 어떤 놈인지 알아냈나?"

조관을 죽인 자를 알아냈냐는 말.

북궁천은 느릿하니 고개를 끄덕였다.

"현재까지 두 사람이 안 보입니다. 아마 그중 하나가 대주를 죽였을 겁니다."

"그럼 이제 하나만 찾으면 되겠군."

굳이 그럴 필요가 없었다. 둘을 모두 잡으면 될 테니까.

하지만 북궁천은 아직 자신의 생각을 다 밝히지 않았다.

"곧 알게 되겠지요."

나직한 목소리가 어찌나 싸늘하게 느껴지는지, 갑자기 몸이 으슬으슬해진 천광호는 북궁천을 힐끗 쳐다보고 어깨를 떨었다.

‘어떤 놈인지 오늘부터 편하게 잠자기는 다 틀렸군.’

그 때 북궁천이 그에게 말했다.

“당주, 이조량을 서평으로 돌려보내서 한 가지 알아볼 일이 있습니다. 빼내도 괜찮겠습니까?”

“이조량을?”

천광호는 보이지 않는 수룡위사대원에 대한 것을 조사하기 위해 돌려보내는 거라 생각했다.

물론 그런 이유도 있었다. 하지만 그것은 이유의 일부분에 불과했다.

“실력에 비해서 알려지지 않았으니 은밀하게 뭘 알아보기에는 제격인 친구입니다.”

“좋아, 그렇게 하게. 백 대주에게는 내가 시킨 것으로 말하지.”

第四章
암계(暗計)

“소존, 놈들이 철은보에서 출발했다 합니다.”

다향을 음미하던 은의청년은 보고를 받고 붉은 입술을 비틀며 눈을 들었다.

“그래? 꿀을 본 개미처럼 가만있지 못하는군. 꿀통에 빠지면 빠져나오지 못한 채 죽는다는 것은 생각도 못 하고 말이야.”

한쪽에 서 있던 애꾸 노인이 그 말을 듣고 낄낄거리며 웃었다.

“낄낄낄, 그동안 본 교의 교도들을 도살하다시피 했으니 당장 우리를 몰살시킬 수 있을 거라 생각하고 있을 거네.”

그 말에 그의 옆에 있던 실처럼 가느다란 눈 사이에 커다란 점이 박힌 뚱뚱한 노인이 가느다란 눈에서 붉은 눈빛을 번뜩이며 못마땅하다는 투로 대꾸했다.

"그래도 너무 많이 죽었어. 제법 쓸 만한 아이들도 많았는데 말이야."

두 노인의 말을 듣고 있던 은의청년, 천사교의 소존인 호연유는 입술을 한쪽으로 비틀며 조소를 지었다.

"큰 고기를 낚으려면 미끼를 아끼지 말아야 하는 법이지요. 교도들도 자신의 죽음으로 천사의 세상이 가까워졌으니 저승에서나마 기뻐할 겁니다."

뚱뚱한 노인은 뭐라고 말을 하려다 고개만 저었다.

반면 애꾸 노인은 외눈을 번뜩이며 고개를 끄덕였다.

"지존께서 왜 소존을 높이 사는지 이제야 알 것 같군. 이 늙은이는 충심으로 소존의 말을 따를 것이니 어떤 명이든 내리시게나."

"고맙습니다. 곡 장로께서 그리 말씀해 주시니 힘이 나는군요."

호연유는 애꾸 노인을 향해 두 손을 합장했다. 그리고 뚱뚱한 노인을 바라보며 말했다.

"여 장로, 대를 위해선 소를 희생할 줄도 알아야 큰 싸움에서 이길 수 있습니다. 일단 지켜보시지요."

"내 어찌 소존의 뜻을 모르겠나? 다만 교도들이 너무 많이 죽다 보니 그러는 걸세."

호연유는 뚱뚱한 노인의 소심함에 짜증이 났다. 그러나 겉으로는 웃음을 지으면서 그를 달랬다.

"걱정 마십시오. 놈들은 곧 교도들의 죽음에 대해서 몇 배의 대가를 치러야 할 겁니다. 그때 마음껏 분풀이를 하십시오."

*　　*　　*

연합 세력은 백 리를 달린 후 휴식을 취할 겸 잠은각의 대원으로부터 정보가 전해지기를 기다리며 멈췄다.

북궁천도 회룡당 무사들과 함께 한쪽에서 휴식을 취했다.

하지만 그의 신경은 온통 구양우경을 향하고 있었다.

'저 자식이 왜 저렇게 쳐다보는 거지?'

구양우경은 이마를 찌푸리며 북궁천이 있는 곳을 바라보았다.

자신의 사람이 되지 않겠다는 놈, 감히 자신의 여자에게 손을 댄 놈이다.

납치된 걸 구해 오면서 어쩔 수 없이 업었다지만, 그래도 기분이 나쁜 것은 나쁜 것이었다.

손을 자르고 등가죽을 벗겨서 죽이고 싶을 만큼!

'설마 저놈이 사구명을 죽이고 장호문을 데려간 건 아니 겠지?'

천사교와의 싸움 와중에 손을 쓸 수 없어서 참고 있을 뿐 어차피 제거해야 할 놈이다.

그런데 정말로 장호문을 데려갔다면 한시라도 빨리 죽여서 입을 막아야 했다. 무리를 하는 한이 있더라도.

'일단 놈을 한번 떠봐야겠군.'

그는 상황을 정확히 알기 위해서 회룡당 쪽으로 걸음을 옮겼다.

바위에 앉아서 쉬고 있던 사공강후는 언뜻 구양우경이 눈에 들어오자 미간을 좁혔다.

'소문과는 많이 달라.'

철은보의 외곽을 공격할 때는 보지 못했으니 판단을 내릴 수 없었다. 그러나 철은보 내에서 싸우는 구양우경의 모습을 본 그는 머릿속이 복잡했다.

그가 본 구양우경은 자신과 큰 차이가 나지 않을 정도로 강했다. 그리고 부드러운 성격이라는 강호의 소문과 달리 손속이 무척이나 냉혹했다.

강아지 한 마리 죽이지 못하는 성격이라 들었거늘, 사람을 죽이면서도 눈썹 한 올 까딱하지 않고, 오히려 차갑게 번뜩이는 눈빛은 자신조차도 섬뜩함을 느낄 정도였다.

‘주의해서 지켜봐야 할 자야.’

그 때 구양우경이 어딘가를 향해 움직이는 게 보였다.

그는 삼성궁의 무사들이 쉬고 있는 곳으로 가더니 걸음을 멈췄다.

그곳을 바라보던 사공강후는 의아한 표정을 지었다.

구양우경이 삼성궁의 말단 무사로 보이는 자와 이야기를 나누고 있었다.

상대는 앉아 있는 데다 구양우경에게 가려져서 얼굴이 보이지 않았다.

하지만 상대가 누구든 간부가 아닌 것은 분명했다.

자신이 판단한 그와는 전혀 다른 모습.

구양우경이 말단 무사와 스스럼없이 이야기를 나누는 사람이었나?

그렇다면 그에 대한 판단을 다시 내려야 한다.

‘정말 속을 짐작키 힘든 사람이군.’

사공강후가 곤혹한 표정을 짓고 있는데 관호명이 다가왔다.

“왜 그런 표정이지? 구양우경 때문에 신경이 쓰이는가?”

“숙부, 구양우경이 원래 말단 무사들과 자주 이야기를 나누는 사람입니까?”

관호명은 사공강후의 시선을 따라 고개를 돌린 후 담담한 어조로 말했다.

"내가 아는 그는 가까운 사람 외에는 이야기 나누는 걸 좋아하지 않네. 아마 아는 사람이 있어서 간 것이겠지."

그 역시 북궁천의 얼굴은 볼 수가 없었다. 봤다면 태연하게 그런 말을 할 수 없었을 것이다.

사공강후는 관호명의 말을 듣고도 의문이 풀리지 않았다.

"구양우경이 말단 무사와 잘 알고 지낸다는 것도 이상한 일 아닙니까?"

"그건 그렇군. 너무 신경 쓰지 말게. 뭔가 그럴 만한 이유가 있으니까 만나는 것 아니겠나?"

사공강후도 신경 쓰고 싶지 않았다. 그런데 본능이 자꾸만 시선을 그곳에 붙잡아 두었다.

북궁천은 구양우경이 수룡위사대원 셋의 호위를 받으며 다가오자, 고개를 모로 꼬며 돌려서 그를 바라보았다.

"소궁주께서 어쩐 일이오?"

구양우경은 그의 앞에 멈춰 서서 담담히 웃으며 말했다.

"본 궁의 무사들이 목숨을 걸고 싸우는데 소궁주라는 사람이 한 번쯤 둘러봐야 하지 않겠나?"

북궁천은 그의 말을 듣고 실소가 나왔다. 자기가 언제부터 말단 무사를 생각해 줬단 말인가?

"소궁주께서 그렇게 다정다감한 사람인 줄 오늘에서야 알았소."

　조금은 비틀린 말투.

　구양우경은 은근히 속이 끓었지만 꾹 참고 웃음을 지었다.

　"자넨 들어온 지 얼마 안 돼서 아직 잘 모르는군. 강호의 사람들은 내가 얼마나 부드러운 사람인지 다 아는데 말이야."

　'별 개소리를 다 듣는군.'

　북궁천은 속으로 그렇게 되뇌면서 수룡위사대원들을 둘러보았다.

　"전에 서문 소저를 구하러 갔을 때 봤던 분이 오늘은 안 보이는군요. 어디 가셨소?"

　구양우경의 두 눈에서 서릿발 같은 눈빛이 떠올랐다 사라졌다.

　"다른 임무를 맡아서 지금은 여기 없다네."

　"어디서 다친 건 아닌지 모르겠군요."

　"그건 아니니 걱정할 것 없네."

　"하긴 나와 상관도 없는 일인데, 화살에 맞았든 검에 맞았든 신경 쓸 것도 없지요."

　'이 개자식이!'

　구양우경은 튀어나오려는 살기를 가까스로 눌렀다.

　화살에 맞았다는 것을 아는 걸로 봐서 장호문과 조관 사이의 일을 아는 듯했다. 어느 정도 아느냐 하는 게 문제일 뿐.

그는 감정을 가까스로 추스르고 넌지시 물었다.

"그러고 보니 조 대주가 안 보이는군. 어디 갔나?"

"임무를 맡아서 멀리 갔소. 아주 멀리."

느릿하게 대답하는 북궁천의 표정이 무심하게 가라앉았다.

그는 대답을 마치고 구양우경을 직시했다.

"서문 소저는 괜찮소? 몸이 안 좋은 것 같던데."

"물론 괜찮지. 자넨 그녀에 대해서 신경 쓰지 않아도 되네."

"정말 아름다운 여인이오. 그런 여자의 사랑을 받으려면 천복을 타고나야 할 텐데, 소궁주는 복도 많소."

구양우경은 단화린이 자꾸 그녀를 입에 담자 짜증이 치밀었다.

하지만 칭찬하는 얼굴에 대고 차마 뭐라 할 수는 없는 일. 꾹 참고 대충 대답했다.

"그리 봐 줘서 고맙군."

"잘 대해 주시오. 그런 여자에게 함부로 대하면…… 천벌을 받을지도 모르니까 말이오."

왠지 묘한 느낌이 드는 말투.

구양우경은 그 말이 마치 자신을 가리켜서 하는 말처럼 느껴졌다.

'뭐야? 천벌이 어째?'

그는 속으로 이를 갈면서 말했다.

"자넨 내가 그녀를 함부로 대하는 줄 아나 보군."

"무슨 말씀인지…… 나는 그냥 마음씨 고운 여자를 함부로 대하는 놈은 천벌을 받아도 싸다는 뜻으로 한 말인데, 소궁주께서 너무 예민하게 받아들이는 것 같군요. 설마 그런 미친놈을 용서해야 한다고 생각하는 건 아니겠지요?"

왜 그 말을 하면서 자신을 뚫어지게 바라본단 말인가?

구양우경은 속이 부글부글 끓었지만 상대의 말에서 꼬투리를 잡을 수 없으니 참지 않을 수가 없었다.

'죽일 놈! 죽을 날이 얼마 남지 않았으니 마음껏 지껄여 봐라.'

심호흡을 해서 마음을 겨우 가라앉힌 그는 차가워진 목소리로 말했다.

"당연히 용서하면 안 되지. 그리고 남의 여자를 함부로 입에 올려서 말장난하는 놈도 그냥 두면 안 된다는 게 내 생각이네."

구양우경이 나름대로 반격을 했지만 북궁천은 끄떡도 하지 않았다.

"그런 자가 있으면 나에게 말하시오. 그 정도 일은 해 드릴 수 있으니까."

'이 죽일 놈이……! 오냐 이놈! 내 반드시 네놈의 팔다리를 토막 내고, 혀를 빼서 죽이리라!'

구양우경은 그렇게 다짐을 하며 북궁천을 노려보았다.

그 때였다. 뒤에서 누군가가 다가오며 말했다.

"구양 형에게 이런 면이 있는 줄은 몰랐군요."

'사공강후?'

목소리의 주인을 바로 알아챈 구양우경은 솟구친 분노를 억누르고 고개를 돌렸다.

역시나 사공강후가 다가오고 있었다.

"사공 형이 어쩐 일이오?"

"천사교의 주력을 공격하기 전에 구양 형과 더 많은 이야기를 나누고 싶어서 왔지요. 싫다면 그냥 가리다."

"하하하, 아니요. 잘 오셨소. 그러잖아도 저 역시 사공 형을 만나고 싶었는데, 사람들이 많아서 망설였지요."

"그리 생각하셨다니 잘됐군요. 그런데 무슨 일로 이곳에서 심각하게 이야기를 나누고 계셨습니까?"

"별일 아니오. 대주 한 사람이 안 보여서 물어보려고 온 것뿐이오."

결코 그런 것 같지는 않았다. 하지만 사공강후는 그 말에 토를 달지 않았다.

"그랬군요. 전 또 무슨 일인가 했지요."

그는 자연스럽게 구양우경의 말을 수긍하면서 북궁천을 살펴보았다.

'호오, 저런 자가 말단 무사라니. 삼성궁이 위세를 떨치

는 것도 무리는 아니군.'

큰 키에 잘 발달된 신체, 흐트러짐 없는 자세, 차분하게 가라앉은 눈빛은 깊이를 알 수 없을 정도로 깊어 보였다.

대체 저러한 자가 어떻게 말단 무사인지 이해가 가지 않을 정도였다.

"저 친구는 누구요, 구양 형?"

그는 참지 못하고 북궁천에 대해서 물어보았다.

구양우경은 그의 질문에 와락 짜증이 났지만 최대한 담담함을 유지하며 말했다.

"회룡당의 무사인 단화린이라 하오."

"그냥 일반 궁도요?"

"직위는 그렇소만, 일반적인 궁도와는 많이 다르지요."

"많이 다르다면……?"

"저번에 검왕과 고검 대협을 따라가서 려매를 구한 사람이오."

"아! 나도 그 이야기는 들어 봤소. 그때 천사교도 속으로 뛰어들어서 서문 소저를 구했다는 사람이 바로 저 사람이었구려."

사공강후는 그제야 이해가 된다는 듯 고개를 끄덕였다.

서문려려를 구한 사람이라면 구양우경이 개인적으로 이야기를 나누는 것도 충분히 이해가 가는 일이었다.

구양우경은 그런 사공강후의 반응에 눈살을 찌푸렸다.

‘괜히 말했군. 그냥 신경 쓰지 말라 하고 한쪽으로 데려 갔어야 했는데. 제기랄!’

기분이 상한 구양우경이 입을 꾹 닫고 있는 사이, 사공강후가 북궁천에게 말을 걸었다.

“사공강후라 하오. 귀하에 대한 이야기는 많이 들었소. 만나서 반갑소.”

“단화린이오.”

“언제 한번 그 이야기 좀 들려주시오. 괜찮겠소?”

북궁천은 입술을 묘하게 비틀며 답했다.

“그 이야기라면 지금이라도 들려줄 수 있소.”

순간 구양우경이 눈을 부라렸다.

“자넨 그만 쉬게. 사공 형, 저쪽으로 갑시다. 우리 때문에 무사들이 쉬지 못하는 것 같소.”

“이런! 제가 마음만 앞서서 실수했군요.”

사공강후는 흔쾌히 자신의 실수를 인정하고 북궁천을 바라보며 포권을 취했다.

“아쉽지만 그 이야기는 나중에 들어야 할 것 같소. 그럼 나중에 보겠소.”

북궁천은 구양우경과 함께 걸어가는 사공강후를 바라보았다.

‘구양우경과는 질적으로 다른 자군.’

구양우경을 더 이상 놀려 주지 못하게 된 것이 무척 아쉬웠지만, 사공강후와 안면을 텄다는 것은 괜찮은 소득이었다.

자신의 계획을 이행하는 데 한 발 다가갔다고 할 수 있었으니까.

*　　*　　*

잠은각의 무사가 연합 세력이 쉬고 있는 곳으로 찾아온 것은 휴식을 취한 지 반 시진쯤 지났을 때였다.

그리고 반 각이 지나자 이동 명령이 떨어졌다.

일천이 넘는 정예 무사의 이동은 조용하고도 신속했다.

철은보에서 후퇴한 자들이 모여 있는 장소가 발견되었다.

그곳까지 남은 거리는 오십 리. 이제 한 시진 후면 또다시 피비린내 나는 싸움이 시작될 것이다.

정의를 지키기 위해서!

마도를 물리치기 위해서!

하지만 어느 누구도 표정이 밝지 않았다.

승리가 예약된 싸움이라 해도 피를 보는 것은 결코 즐거운 일이 아니었다.

북궁천은 묵묵히 뒤를 따라갔다.

별다른 일이 벌어지지 않았음에도 찝찝함은 여전히 가시지 않았다.

오히려 의문은 꼬리에 꼬리를 물고 또 다른 의문을 만들어 냈다.

오십 리는 멀다면 멀고, 가깝다면 가까운 거리였다. 그런데 저들은 여전히 모습을 보이지 않고 있었다.

두려워서 나타나지 않는 걸까? 아니면 계속적인 공격을 예상치 못해서 감시에 소홀한 건가?

말도 안 되는 소리였다.

약할수록 감시를 더 철저히 하는 법이었다. 그래야 공격을 받으면 적절히 대처해서 피해를 줄일 수 있으니까.

하지만 그러한 생각만으로는 현 상황에 아무런 도움도 되지 않았다. 승리에 도취되어서 자신의 생각을 받아들일 사람도 없는 상황이고.

'조금 있으면 알게 되겠지.'

선두가 걸음을 늦춘 것은 목적지를 십오 리 정도 남겨 놓았을 때였다.

"저 앞쪽 계곡 안으로 들어가서 십 리만 가면 산적들의 산채가 나옵니다. 바로 이곳인데……."

잠은각의 대원은 땅에 지도를 그리며 계곡 안을 설명했다.

“이곳으로 해서 여길 넘어가면 바로 커다란 산채가 나옵니다. 두 방향으로 진입이 가능한데, 뒤쪽으로는 절벽이 워낙 높아서 침입하기가 쉽지 않아 보입니다.”

위효릉은 잠은각 대원이 그린 지도와 산세를 번갈아 보더니 실소를 지었다.

“뒤로 해서 따로 침입할 것도 없겠군. 두 곳을 동시에 치고 들어가면 되겠어. 그래, 놈들의 숫자는 얼마나 되지?”

“저희가 파악한 바로는 천사교도만 일천 정도 됩니다. 산적과 그 가족까지 합하면 일천오백이 조금 넘을 겁니다.”

잠은각 대원의 말에 위효릉은 계곡을 바라보았다.

양쪽 산의 경사가 심하고 암벽이 많아서 산적들이 숨어 살기에 제격으로 보였다.

산적들이 사는 산채라면 별다른 위험은 없을 터. 더구나 잠은각의 대원들이 직접 들어가서 알아낸 정보가 아닌가.

그는 옆에 늘어선 각 세력의 수장들을 둘러보았다.

“놈들이 산적과 산적의 가족들 목숨을 이용해서 대항하려 할 거요. 어린아이나 부녀자, 노인은 최대한 보호하면서 싸우시오. 단, 사정이 정 여의치 않을 경우에는…… 천사교도를 죽이는 게 우선이라는 걸 생각하고 손을 쓰시오.”

수뇌부의 표정이 침중해졌다.

산적이야 문제될 게 없었다. 정작 문제는 그들의 가족이었다.

정파라는 걸 자랑스럽게 생각하는 그들로서는 마도를 물리친다는 명분으로 어린아이와 부녀자, 노인을 죽음으로 내몬다는 게 영 내키지 않았다.

특히 무림맹의 사람들 중 구대문파의 제자들은 나직이 불호를 외며 마음을 다스렸다.

구양우경은 그런 모습이 마음에 안 들었다. 적과 싸우기도 전에 마음이 약해지다니.

'이래서 구대문파는 싫다니까. 산적들의 가족을 죽이는 것이 뭐가 어떻다고……'

그 때 위효릉이 다시 한 번 강조했다.

"여러분의 마음을 모르는 것은 아닙니다만, 마인 하나를 살려두면 수많은 양민이 죽는다는 걸 생각하십시오."

"아미타불, 알겠소이다. 위 각주. 최선을 다해서 싸워 보리다. 빈승이 지옥에 가더라도 저 사악한 자들만 처리할 수 있다면야……"

소림의 공한 대사가 염불을 외며 그리 말하자, 무당의 청명 도장도 헛기침을 하며 고개를 끄덕였다.

"험, 빈도도 마음을 정했으니 걱정 마시오."

"좋습니다. 그럼 본 궁이 먼저 앞장서겠소이다."

＊　　　＊　　　＊

계곡의 입구는 그리 넓지 않았다.

더구나 양쪽 산 아래에는 집채만 한 바위가 아무렇게나 굴러다니고, 나무와 넝쿨이 뒤엉켜서 짐승조차 다니기 힘든 곳이었다.

절정 고수라면 힘들어도 그곳을 통해 진입할 수 있지만 현재로선 그럴 이유가 없었다.

선발대가 되어 먼저 계곡 안으로 들어간 삼성궁의 풍검당이 세 곳의 감시 초소를 박살 내며 길을 뚫어 놓은 상태. 나머지는 그들이 뚫어 놓은 길을 달리기만 하면 되었다.

그 와중에도 뒤처리 담당인 회룡당은 가장 뒤로 처졌다.

북궁천도 느긋한 마음으로 따라갔다.

이럴 때는 회룡당이 편했다. 회룡당을 선발로 내세우겠다는 생각을 하는 사람은 단 한 사람도 없었다.

천사교도가 남들이 생각하는 것처럼 별 볼 일 없다면 자신들이 싸움에 참여할 필요도 없이 상황이 끝날 것이고, 반면 천사교가 음흉한 수작을 부리고 있다면 상황을 봐서 그에 대처할 수 있을 터.

좌우간 어떤 식으로 진행되든 지금으로선 뒤로 처져 있는 것이 나았다.

본격적인 공격은 후미로 처진 회룡당이 계곡을 반쯤 들어갔을 때 시작되었다.

서쪽은 삼성궁이, 동쪽은 천무회와 무림맹이 맡았다.

그들은 바위를 타 넘고 나무를 날아 넘으며 산채를 향해 쇄도했다.

잠은각 대원의 보고는 완벽했다.

주위 상황은 그가 보고한 것과 한 치도 다르지 않았다.

산채는 아래쪽에서 오십 장 높이에 있었으며, 아름드리통나무로 만든 삼 장 높이의 이중벽이 드넓은 산채를 넓게 두르고 있었다.

쏴아아아아아!

해일처럼 밀려간 연합 세력의 무사들은 오십 장의 거리를 빠르게 좁히고 단숨에 통나무 벽을 뛰어넘었다.

독수리 떼가 날아오르듯 수백의 인원이 한꺼번에 날아서 통나무 벽을 넘는 광경은 가히 장관이 아닐 수 없었다.

둥둥둥둥둥!

적의 공격을 알리는 북소리가 요란하게 울렸다.

"적이다!"

"적이 서쪽 벽을 넘어서 쳐들어온다!"

연합 세력의 공격에 놀란 경비 무사들의 목소리가 북소리와 함께 산을 무너뜨릴 것처럼 메아리쳤다.

산채 깊숙한 곳. 아름드리통나무로 만들어진 거대한 건물 안에서 눈을 감고 있던 호연유는 그 소리를 듣고 천천히 눈을 떴다.

"후후후후, 드디어 왔군."

나직한 웃음을 흘린 그가 자리에서 일어나자, 전면에 앉아 있던 사람들도 모두 일어섰다.

그들 중 핏빛 장포를 걸친 혈사령이 두 눈에서 시퍼런 살광을 흘리며 물었다.

"소존, 언제까지 기다려야 합니까?"

호연유는 소리 없는 살소를 지으며 싸늘한 목소리로 말했다.

"적이 절벽 밑의 공터에 모이면 시작할 것이오. 혈사령, 일단 동굴을 개방하고 신호를 기다리시오."

"예, 소존!"

통나무 벽을 넘은 연합 세력의 무사들은 파죽지세로 적을 쓰러뜨리며 전진했다.

예상했던 대로 적의 저항은 강하지 않았다.

산적들이야 말할 것도 없었고, 천사교도들조차 몇 초의 공격을 막아 내다가 겁에 질린 표정을 지으며 뒤로 물러서기 바빴다.

"삼성궁 놈들이다! 물러서면서 막아라!"

"아, 안 돼! 으아악!"

"힘을 합쳐서 상대해!"

공포에 질린 목소리가 사방에서 터져 나오고, 일부는 정신없이 안쪽으로 도주했다.

선발대를 바짝 쫓아와서 통나무 벽을 넘은 연합 세력의 수뇌부들은 그 광경을 보고 홀가분한 표정을 지었다.

혹시라도 피해가 크게 날까 봐 걱정했는데 공연한 우려였다.

"천사교 놈들, 날벼락 맞은 기분이 어떠냐!"

등조립은 득의의 웃음을 지으며 성큼성큼 걸음을 옮겼다.

백리진과 임강령도 그를 따라서 전장으로 빠르게 다가갔다. 하지만 그들의 표정은 다른 사람들처럼 밝지 않았다.

그들은 헌원려려를 구하기 위해서 천사교도와 싸워 본 적이 있었다.

당시 천사교도들은 자신들의 정체를 알고도 죽음을 두려워하지 않고 달려들었지 않던가.

그런데 철은보를 칠 때도 그렇고, 오늘 역시 너무 나약한 모습이었다.

"등 형, 공격을 너무 서두르지 마시오. 아무래도 놈들의 행태가 이상하오."

백리진이 앞서 나가는 등조립의 등에 대고 말했다.

그러나 등조립은 그의 말을 귀담아 듣지 않았다.

"허허허. 백리 형, 이상해 봐야 별거 있겠소? 빨리 매듭짓고 잠시라도 편히 쉽시다.”

백리진으로서도 확실히 알고 하는 말이 아니었으니 그를 붙잡기도 애매했다.

위효릉과 구양우경 등 삼성궁의 수뇌부들 역시 그의 말을 신경 쓰지 않고 도주하는 천사교도들의 뒤를 쫓았다.

한편, 천무회와 무림맹의 무사들도 동쪽의 벽을 넘어서 천사교도와 산적들을 몰아붙였다.

그들이 벽을 넘은 이후부터 악다구니와 비명이 쉬지 않고 터져 나왔다.

“놈들이 동쪽으로도 넘어왔다!”

“모두 목숨을 걸고 막아라!”

“천사지존이시여! 우리를 구해 주소서!”

“으악!”

“이 개새끼들! 우리가 무슨 잘못을 했다고 쳐들어온 거냐!”

“크억!”

순식간에 수십 명이 피를 뿌리며 쓰러지고, 대지가 붉게 물들었다.

오대세가의 무사들은 최대한 빨리 싸움을 마무리하겠다는 듯 손에 인정을 두지 않았다.

반면 구대문파의 제자들은 산적과 천사교도를 구별해서

손을 썼다.

천사교도에게는 죽음을 내려도, 산적에 대해서는 혈도를 제압하거나 부상만 입힌 채 어지간하면 목숨을 취하지 않았다.

천무회의 수뇌 중 몇 사람은 그 모습이 영 마음에 안 드는지 이마를 찌푸렸다.

상대는 힘이 약하다 해도 산적이었다. 살계를 지킬 이유가 없는 것이다.

하지만 굳이 그들에게 살인을 강요하지는 않았다. 무위가 워낙 현격히 차이 나서 그럴 필요도 없었다.

그런데 사공강후는 적을 공격하면서 백리진과 비슷한 생각을 했다.

천사교의 지독함을 겪어 보진 못했지만, 섬서를 일거에 장악한 천사교의 무력 치고는 너무나 약했다.

"관 숙부, 뭔가 이상하지 않습니까?"

막 천사교도 속으로 뛰어들려던 관호명이 고개를 돌렸다.

"뭐가 말인가?"

"종남과 화산을 본산으로 몰아넣은 천사교 치고는 너무 약합니다."

"그야 아직 본진을 만나지 못해서 그런 것 아닌가? 아마 상주에 가면 저들의 진면목을 볼 수 있을 거네."

그 말도 일리가 있었다. 그러나 왠지 모르게 가슴이 답답했다.

그 때 천무십절 중 하나인 무정도객(無情刀客) 좌궁생이 냉막한 표정으로 입을 열었다.

"대공자, 고민할 것 없소. 어차피 저들을 모두 쓰러뜨리면 고민거리도 사라질 테니까 말이오."

그 말에 관호명이 가벼운 웃음을 터트렸다.

"하하하, 그럼 조카의 고민을 덜어 주기 위해서라도 빨리 끝내야겠군."

"그것도 좋지요."

그들은 조금도 긴장하지 않았다. 긴장할 이유가 없었다.

천사교도 중 당주급 간부조차 그들을 막아 낼 수 있는 자는 소수에 불과했다. 자신들이 본격적으로 나선다면 싸움이 끝나는 것은 시간문제였다.

그렇게 모두들 승리가 이미 결정되기라도 한 것처럼 가벼운 마음으로 적을 몰아붙였다.

제일 늦게 벽을 넘어간 회룡당은 쓰러져 있는 자들 사이를 지나가며 내심 안도했다.

질펀한 핏물 위에 백여 명이 쓰러져 있는데, 열 중 여덟이 천사교도와 산적들이었다. 삼성궁 무사들은 십여 명 뿐.

그나마도 십여 명 중 죽은 자는 넷밖에 안 되고, 나머지는 부상을 입어서 안으로 들어가지 못한 사람들이었다.

“뭐 해? 부상자들을 한쪽으로 모아서 치료해.”

천광호가 소리치자 회룡당 무사들이 부상자를 향해 달려들었다.

그들은 삼성궁 무사의 시신과 부상자들을 깨끗한 곳으로 옮기고 상처를 재빨리 손봤다.

부상자가 몇 안 되니 북궁천은 굳이 손댈 것도 없는 상황. 천광호에게 다가간 그는 격전이 벌어지고 있는 산채 안쪽을 바라보며 물었다.

“어떻게 하실 거요?”

천광호는 어깨를 으쓱하며 말했다.

“우리끼리 들어갈 필요가 있을까? 싸움이 끝난 뒤 들어가서 우리 본연의 임무인 뒤처리나 하자고.”

일리 있는 말. 북궁천도 반대하지 않았다.

품었던 의문이 완전히 가신 것은 아니었다.

그러나 연합 세력의 힘은 자신이 보기에도 막강했다. 설령 철은보에서 도주한 주력이 이곳에 모두 있다 해도 그들을 곤란하게 할 정도는 아닐 것 같았다.

천사교가 헌원려려를 납치해서 죽어 마땅한 죄를 짓긴 했지만, 오지랖 넓게 연합 세력을 위해서 자신이 먼저 나설 이유는 없었다.

그렇게 북궁천이 산채에 들어선 지 반 각가량 지날 즈음.

산채 안쪽에서 급박한 변화가 일어났다.

"음?"

천사교도와 산적의 시신을 한쪽으로 치우는 일을 도와주던 북궁천은 허리를 세우고 안쪽을 바라보았다.

격전을 벌이는 소리가 빠르게 멀어진다.

천사교의 주력이 버티지 못하고 더 깊은 곳으로 도주하는 것 같다. 연합 세력의 무사들은 그들의 뒤를 쫓아가고.

그런데 기분이 묘했다.

불안감? 불길함?

어쨌든 그리 좋은 느낌은 아니었다.

'기분 더럽게 찝찝하군.'

그 때였다.

삐이이이이이! 삐이이이이이이!

기다란 소성(簫聲)이 울리며 메아리쳤다.

소성이 울린 곳은 산채 뒤에 있는 절벽 쪽. 천사교도들이 도주한 곳이었다. 연합 세력의 무사들이 쫓아간 곳.

싸한 느낌이 든 북궁천은 저만치 있는 천광호에게 말했다.

"당주, 제가 안에 들어가 보겠습니다. 당주께선 대원들과 함께 이곳에 계십시오."

천광호도 소성을 듣고 이상하게 생각하고 있던 터라 순순히 승낙했다.

"그렇게 하게."

그 말이 떨어짐과 동시, 절벽 쪽에서 괴이한 기운이 느껴졌다.

등골이 오싹해지는 섬뜩한 느낌!

"빌어먹을!"

외마디 쌍소리를 내뱉은 북궁천은 땅을 박차고 안쪽으로 몸을 날렸다.

한편, 계곡 안으로 들어간 천사교도들은 암벽에 탈출구라도 있는 것처럼 절벽으로 달려갔다.

연합 세력의 무사들은 그 모습을 보면서 여유 있게 계곡으로 진입했다.

계곡은 좁고 삼면을 둘러싼 설벽은 끝도 보이지 않을 정도로 높았다.

이제 천사교도들은 독 안에 든 쥐나 같은 신세였다.

"순순히 무기를 버리고 투항하라! 오직 그것만이 목숨을 보전할 수 있는 길이니라!"

위효릉은 득의양양한 표정으로 소리쳤다.

하지만 절벽 밑에 도착한 천사교도들은 다가가는 연합 세력 무사들만 노려볼 뿐 누구도 투항하겠다고 나서지 않았다.

"정녕 죽고 싶다면 모두 죽여 주마!"

등조립의 냉랭한 목소리가 절벽을 타고 메아리쳤다.

그렇게 연합 무사들이 절벽에 달라붙다시피 모여 있는 천사교도들을 노려보며 계곡의 중간에 진입했을 때였다.

천사교도들 속에서 누군가가 소리쳤다.

“천사의 세상을 위하여! 천사지존이시여, 저들을 멸하소서!”

천사교도들이 일제히 그의 말을 복창했다.

“멸하소서!”

“저들을 멸하소서!”

그 때였다.

그들의 부름에 답하듯 기다란 소성이 계곡을 울렸다.

삐이이이이! 삐이이이이이이이!

그리고 그 직후, 뿌연 운무를 뚫고 수천 발의 화살과 암기가 소나기처럼 쏟아졌다.

쏴아아아아! 슈슈슈슈슉!

멈칫한 연합 세력의 무사들은 갑자기 바람을 가르는 소리가 들리자 하늘을 올려다봤다.

순간 새카맣게 쏟아지는 화살과 암기를 보고 눈을 홉떴다.

“마, 맙소사!”

“막으면서 피해!”

“물러서라!”

여기저기서 고함치는 소리가 터져 나오고, 연합 세력의 수뇌부 수십 명이 허공으로 몸을 날렸다.

하늘로 솟구친 그들이 무기를 휘두르고 쌍장을 떨치자, 소나기처럼 쏟아지던 화살과 암기들이 철벽에 부딪친 것처럼 튕겨 나갔다.

하지만 그들의 힘만으로는 시간 차를 두고 쏟아지는 화살과 암기를 모두 막아 낼 수는 없었다.

더구나 튕겨진 화살과 암기는 생각지도 않았던 각도로 날아가며 다른 사람을 덮쳤다.

팅! 투둥! 땅! 퍽! 퍼벅!

쉴 새 없이 화살과 암기가 방어에 막혀 튕겨 나가고, 바닥의 바위에 튕기고, 사람을 꿰뚫는다.

사방에서 터져 나오는 비명과 신음!

아수라장이 된 계곡 안은 한순간에 지옥으로 변해 버렸다.

분노를 터트릴 시간도 없고, 다른 사람을 신경 쓸 여유도 없었다.

눈 깜짝할 순간에 삼사백 명이 쓰러지거나 부상을 당하자, 연합 세력의 수뇌부들은 악을 쓰듯 소리쳤다.

“계곡을 나가시오!”

“절벽 쪽으로 피하면서 놈들을 쳐라!”

그런데 설상가상 여기저기서 두려움에 질린 목소리가 흘

러나왔다.

"화살과 암기에 독이 묻어 있다!"

"빨리 지혈을 해서 독의 확산을 막아!"

가까스로 화살과 암기의 공격을 벗어난 사람들은 계곡의 입구 쪽으로 물러났다.

그 때 계곡 입구에 수백 명의 천사교도들이 나타났다.

안으로 들어간 자들이 전부인 줄 알았거늘, 저들은 또 어디서 나타났단 말인가!

어쨌든 화살과 암기를 상대하는 것보다는 천사교도를 상대하는 게 나을 터. 연합 세력 무사들은 노성을 내지르며 그들을 공격했다.

하지만 입구에 나타난 천사교도들은 지금껏 상대한 자들과 달랐다.

광기가 일렁이는 눈빛. 강력한 무공.

더구나 그들은 고통을 모르는 듯 팔이 잘려도 웃고 배에 구멍이 나도 웃으며 도검을 휘둘렀다.

그렇게 연합 세력의 무사들과 천사교도들이 계곡 입구에서 뒤엉킨 직후, 소나기처럼 쏟아지던 화살비가 멈췄다.

그리고 절벽에 붙어 있던 천사교도들이 언제 겁에 질려 도주했냐는 듯 일제히 공격에 나섰다.

"우하하하! 이제부터 천사의 위대함을 느끼게 해 주리라!"

“천사의 세상을 위하여!”

“저놈들의 심장을 빼서 천사지존께 바쳐라!”

연합 세력은 인원의 절반 가까이가 화살과 암기에 맞은 상태였다. 정통으로 맞지 않았다 해도 스치며 상처가 난 사람들조차 독기가 침습한 상태였다.

수뇌부들은 부상당한 무사들의 앞에 서서 천사교도의 공격을 막았다.

그중에 절정의 경지를 넘어서서 절대의 경지에 오른 자는 넷이나 되었다.

백리진, 등조립, 관호명. 그리고 사공강후까지.

또한 그들과 큰 차이가 나지 않는 초절정의 고수들도 십여 명이나 되었다.

비록 많은 무사들이 화살과 암기로 인해 부상을 당했지만 천사교도에게 진다는 생각은 눈곱만큼도 하지 않았다.

그러나 천사교의 무리 중에도 그들과 비견될 고수들이 즐비했다.

“킬킬킬! 등조립! 너는 나와 싸워 보자!”

애꾸눈 노인이 괴소를 터트리며 날아들자 등조립의 표정이 괴이하게 일그러졌다.

“십여 년 전에 사라진 독안마종(獨眼魔宗)이 천사교에 있었구나!”

백리진도 얼굴이 둥근 노인을 발견하고 눈을 부릅떴다.

“동마신(童魔神) 여립!”

그들뿐만이 아니었다.

연합 세력의 수뇌부를 긴장시킬 절정 고수들이 천사교도 속에서 속속 모습을 드러냈다.

상주에 있을 거라 예상했던 천사교의 주축 고수들이 일개 산채에 모여 있을 줄 누가 알았으랴.

“이제 보니 작정을 하고 우리를 이곳으로 끌어들였구나!”

위효릉은 아연한 표정으로 탄식하듯 소리쳤다.

자신들을 방심시키기 위해서 수백 명을 죽음을 내몰다니.

그는 목적을 위해서 수단과 방법을 가리지 않는 천사교의 사악함에 치가 떨렸다.

이제야 천사교가 어떤 곳인지 확실하게 알 것 같았다.

‘참으로 악독하기가 한이 없는 놈들이구나.’

하지만 지금은 저들을 욕하고만 있을 때가 아니었다.

수백 명을 미끼로 자신들을 끌어들였다면 그만한 준비가 되어 있다는 말. 화살과 암기로 인해 반에 가까운 인원이 당한 지금 상태에서는 저들의 공격을 막을 수 없다.

그는 참담함을 가슴속에 구겨 넣고 연합 세력 무사들을 향해 소리쳤다.

“놈들의 공격을 막으면서 이곳을 빠져나가시오!”

第五章
재회(再會)

　북궁천이 계곡 입구에 도착한 것은 화살비가 그친 직후였다.

　바로 싸움에 끼어들지 않고 집채만 한 바위에 내려선 그는 계곡 안쪽의 광경을 보고 얼굴이 석고상처럼 굳어졌다.

　땅뿐만이 아니라 사람의 몸에도 화살이 고슴도치처럼 꽂혀 있었다.

　얼마나 많은 암기를 뿌렸는지 바닥에 검은 콩과 가시 달린 열매를 뿌려 놓은 듯했다.

　온몸에 대여섯 개의 화살이 박힌 채 비틀거리는 사람. 바닥을 필사적으로 기어가는 사람……

전혀 예상치 못한 공격으로 한순간에 수백 명이 죽거나 부상을 당한 상태.

승리를 확신하며 정신이 해이해져 있던 연합 세력으로서는 날벼락을 맞은 셈이었다.

'황보청과 종리기진은?'

북궁천은 그 두 사람부터 찾아보았다.

다행히 그들은 부상을 당하지 않은 채 적과 싸우고 있었다. 그리고 죽기를 바랐던 구양우경도 아직 멀쩡했다.

'저 자식은 명도 길군. 하늘은 뭐 하는 거야?'

북궁천은 그가 살아 있는 것을 무척이나 아쉬워하면서 바위에서 날아내렸다.

연합 세력이 계곡에 갇혀서 협공을 당하는 형국. 일단은 빠져나올 구멍을 만들어 줘야 했다.

검을 빼 든 북궁천은 입구를 막고 있는 천사교도의 후미를 향해 성큼성큼 걸음을 옮겼다.

그가 다가가는 걸 보고도 천사교도들은 크게 신경 쓰지 않았다.

한 사람이 더 합세한다고 달라질 상황이 아닌 것이다.

그래도 그가 이 장 거리까지 접근하자 두 사람이 그를 향해 달려들었다.

"죽고 싶다면 죽여 주마!"

"낄낄낄, 젊은 놈이 겁이 없군."

북궁천은 그에 대한 답례로 죽음을 선사했다.

번쩍!

단 일검으로 두 사람을 갈라 버린 그는 피를 뿜으며 쓰러지는 두 사람 사이를 지나서 천사교도의 후미를 쳤다.

상대의 등을 공격하는 것에 대한 거부감 따위는 조금도 느끼지 않았다.

앞에 있는 자들은 쓰러뜨려야 할 적. 그 이상도, 이하도 아니었다.

묵혼이 허공을 가르며 번쩍일 때마다 천사교도 두세 명이 픽픽 꼬꾸라졌다.

천사교도들은 십여 명이 당한 후에야 그의 존재에 대해서 부담을 느꼈다.

"저놈을 찢어 죽여라!"

분노의 명령이 떨어지자, 천사교도 대여섯 명이 북궁천을 향해 달려들었다.

전진을 멈춘 북궁천은 그 자리에 오연히 서서 달려드는 자들만 처리했다.

쩌저적!

묵뢰가 번뜩이고 대기가 쩍쩍 갈라질 때마다 천사교도의 몸에서 피가 솟구쳤다.

쾅!

일성 벽력과 함께 두 사람의 몸뚱이가 훌훌 날아갔다.

천사교도들은 앞서 달려든 자가 힘 한 번 못 써 보고 죽는 걸 보고도 거침없이 달려들었다.

불길을 향해 날아가서 온몸을 태우고 죽어 가는 불나방이 따로 없었다.

그렇게 몇 차례에 걸쳐서 이십여 명이 죽어 가자, 포위망 한쪽이 느슨해졌다.

연합 세력 무사들도 그걸 느꼈는지 느슨해진 곳을 집중적으로 공격했다.

연합 세력의 수뇌부는 전력을 다해서 적의 공격을 막으며 부상자가 입구 쪽으로 이동할 때까지 시간을 벌었다.

그리고 어느 정도 거리가 벌어지자 그들도 뒤로 조금씩 후퇴했다.

호연유는 멀찌감치 떨어진 곳에서 그 광경을 보며 냉소를 지었다.

"쉽지 않을 걸?"

순수한 무력만 따진다면 천사교도가 조금 밀리는 것은 분명한 사실이었다.

그러나 화살과 암기 공격으로 적의 삼분지 일이 타격을 받아서 이제는 전력이 역전되었다.

게다가 알량한 정의감에 불타는 저들은 부상자들을 방치

하지 못할 것이니, 그 또한 저들에게는 커다란 장애물로 작용할 것이다.

이제 남은 것은 승리뿐.

하지만 무려 칠백의 목숨을 개밥처럼 던져 주고 얻은 승리였다. 최대한 더 많은 적을 죽여서 원혼을 달래야 했다.

"힘을 내라, 천사를 따르는 이들이여! 적의 피로써 죽어 간 원혼을 달래라!"

호연유의 가늘게 떨리는 목소리가 계곡을 뒤흔들자 천사 교도들은 마주 소리치며 광란했다.

우우우우우!

"천사의 세상를 위하여 놈들을 죽여라!"

"위선의 무리를 제거해 새 세상을 만들자!"

"형제들이 죽어 간 대지에 저놈들의 피를 뿌려라!"

광기가 활화산처럼 폭발했다.

그러잖아도 죽음을 두려워하지 않던 그들은 광기를 일렁이며 상대의 도검을 향해 뛰어들었다.

먼저 뛰어든 자가 죽어 가며 상대의 손발을 늦추면 다음에 뛰어든 자가 살수를 펼쳤다.

광기 들린 공격!

당황한 연합 세력 무사들은 제대로 된 공격을 펼칠 수가 없었다.

오히려 멈칫거리다가 고육지계에 휘말린 수십 명이 자신

의 실력도 발휘하지 못한 채 목숨을 잃거나 중상을 입었다.

개중에는 절정 고수가 십여 명이나 되었고, 무당의 청명 도장과 천무십절 중 하나인 노광수마저 당하고 말았다.

대부분 방심하거나 손에 인정을 남겨 두었다가 적에게 당한 것이다.

위효릉은 답답해진 마음에 악을 쓰듯 소리쳤다.

"열이든 백이든, 사정을 봐주지 말고 전력을 다해서 죽이시오!"

누구보다 그 말을 잘 지키는 사람이 구양우경이었다.

온몸이 피로 뒤덮인 그는 자신의 실력을 마음껏 발휘했다.

검을 내지르는 데 한 점 망설이지 않았다. 눈 한 번 깜박이지 않고 상대의 목을 벴다.

그에게서 뿜어지는 살기가 어찌나 강한지, 사람들 눈에는 그가 천사교도보다도 더 광분하고 있는 것처럼 보일 정도였다.

하지만 그가 아무리 날뛰어도 광기에 찬 천사교도들은 물러서지 않았다.

그리고 결국은 그도 천사교도의 칼에 옆구리를 베이고 말았다.

섬뜩한 느낌, 짜릿한 통증!

"크윽!"

잇새로 신음을 흘린 그는 눈을 부릅뜨고 검을 내질렀다.

번개처럼 뻗어 간 검은 상대의 심장을 꿰뚫고 뒤로 삐져
나왔다.

그는 검을 바로 빼지 않고 옆으로 잡아 빼며 가슴을 길게
갈랐다.

시뻘건 핏물이 쏟아졌다.

그의 눈빛도 붉게 달아올랐다.

입가에 걸린 묘한 웃음.

'멋지군. 정말 멋져!'

피가 쏟아지는 모습을 볼 때마다 묘한 쾌감이 느껴졌다.
심지어 자신의 몸에서 느껴지는 고통조차 짜릿했다.

하지만 그를 보호해야 하는 수룡위사대원들로서는 간이
철렁한 순간이었다.

그들은 다섯이 죽고 넷밖에 남지 않지 않았지만 목숨을
던져서라도 구양우경을 지켜야 했다.

"소궁주! 뒤로 물러나십시오!"

구양우경도 더 이상의 부상은 원치 않았다.

그는 수룡위사대의 말이 떨어지자마자 순순히 뒤로 물러
섰다.

생각보다 부상이 심한지 움직일 때마다 생살이 찢어지는
고통이 밀려들었다.

얼굴이 일그러진 그는 늦게 나선 수룡위사대원들에게 화
를 전가시켰다.

‘멍청한 놈들! 나서려면 내가 다치기 전에 나서야지!’

그 때였다.

근처에서 싸우던 천무회 무사 중 하나가 후퇴하기 위해서 급히 뒤로 몸을 날렸다가 그와 스치듯 부딪쳤다.

평소였다면 충분히 피할 수 있는 상황이었다. 그런데 적이 아니라는 생각에, 흥분이 가라앉지 않은 바람에 미처 피하지 못했다.

설령 부딪쳤어도 다른 때였다면 웃으며 넘어갔을 것이다.

그런데 천무회 무사의 팔꿈치가 하필이면 부상을 입은 그의 옆구리를 찍었다.

‘크윽!’

머리끝이 쭈뼛 설 정도의 강렬한 통증!

‘이 빌어먹을 놈이 조심하지 않고!’

극한의 분노에 이성이 마비된 그는 마침 그자의 등이 코 앞에 보이자 검을 반사적으로 내밀었다.

“죄송…… 헉!”

자신의 실수를 깨닫고 몸을 돌려 사과하려던 천무회 무사는 입을 쩍 벌렸다.

구양우경은 뻗어 나간 검기가 심장을 뚫었다는 느낌이 들자 재빨리 검을 거두었다. 그리고 눈빛을 파르르 떨며 쓰러지는 그의 몸을 붙잡아 안으며 소리쳤다.

“이보시오! 정신 차리시오!”

그는 그 와중에도 내가장력으로 천무회 무사의 심장을
으스러뜨렸다.

'죽일 때는 확실히 죽여야 해.'

"이, 이……!"

천무회 무사는 입을 두어 번 달싹거리다가 눈을 부릅뜬
채 고개를 떨어뜨렸다.

보일 듯 말 듯 비릿한 조소를 지은 구양우경은 천무회 무
사의 심장을 눌렀던 손을 떼고 몸을 내려놓았다.

때마침 선우강이 물러서며 그에게 소리쳤다.

"소궁주! 죽은 사람까지 챙길 수는 없으니 어서 물러나시
게!"

구양우경은 안타까운 표정을 지으며 말했다.

"죽었다 해서 이대로 저놈들 손에 맡길 수는 없지 않습니
까?"

"어쩔 수 없네! 산 사람이라도 살아야 하지 않겠나!"

"정 그렇다면 할 수 없지요."

구양우경은 착잡한 표정으로 말하며 빠르게 물러났다.

그 때 입구 쪽에서 환호에 가까운 외침이 울렸다.

"구멍이 뚫렸다! 빠져나가라!"

관호명, 좌궁생과 함께 천사교의 구사령을 상대하고 있
던 사공강후는 입구가 뚫렸다는 소리를 들리자 즉시 천무

회 무사들을 후퇴시켰다.

"전열을 흐트러뜨리지 말고 후퇴하시오!"

관호명은 사공강후가 바로 움직이지 않고 후미에 남으려고 하자 물러설 것을 종용했다.

"소회주가 먼저 가게! 어서!"

"제 걱정 마십시오, 숙부! 저는 언제든 빠져나갈 수 있습니다! 좌 장로께서는 어서 무사들을 이끌고 뒤로 빠지십시오!"

관호명도 사공강후의 고집을 알기에 더 이상 종용하지 않았다. 대신 사공강후와 나란히 서서 좌궁생과 천무회 무사들에게 지시했다.

"어서 가시게! 모두 좌 장로를 따라서 물러서라!"

*　　　*　　　*

한쪽은 필사적으로 탈출하고, 한쪽은 목숨을 던져서라도 상대를 죽이려 한다.

처절함이 극에 달한 대격전!

북궁천조차 싸움이 길어지면서 오래전에 식어 버린 피가 끓어올랐다.

이건 단순한 세력 싸움이 아니다. 전쟁이다.

정과 마의 한판 승부!

그리고 그 전쟁의 중앙에 자신이 서 있다.

북천을 휘젓던 패왕, 북천마제가!

'정말 오랜만의 기분이군.'

그때와 다른 점이라면, 정복하기 위함이 아닌 뭔가를 지키기 위해서 싸우고 있다는 것이다.

비록 헌원려려가 바라던 대협의 길과는 다를지라도, 힘없는 자를 위해 싸우는 것은 아닐지라도, 자신이 아닌 남을 위해 검을 쓰는 것도 그리 나쁜 느낌은 아니었다.

'저 자식만 죽었으면 금상첨화인데……'

삼성궁 간부들에게 둘러싸여서 입구를 빠져나오는 구양우경이 보였다.

온몸이 피로 물든 모습. 옆구리를 부여잡은 걸 보니 상처가 제법 큰 것 같았다.

'확, 심장이나 뚫려 버리지.'

남이 알면 속 좁은 놈이라는 욕을 할지 모르지만 자신으로서는 어쩔 수 없는 진심이었다.

그런데 바로 그 때, 냉랭한 목소리가 계곡을 울렸다.

"감히 내 계획을 엉망으로 만들다니! 백번 죽어 마땅한 놈이로구나!"

동시에 밀려드는 얼음장처럼 차가운 기운.

북궁천은 고개를 들어 기운이 밀려드는 곳을 바라보았다.

한 사람이 허공을 걷듯이 날아오고 있었다.

하얀 얼굴, 머리에는 은빛의 휘황한 도관을 쓰고 있었는데 자신과 비슷한 나이의 청년이었다.

북궁천은 날아오는 그를 향해 몸을 날리며 묵혼을 내리그었다.

'오냐, 이놈! 구양우경 대신 네놈의 머리를 쪼개 주마!'

쩍!

묵광이 천공을 가르며 떨어졌다.

호연유는 단순한 검세에서 가공할 거력이 느껴지자, 전 공력을 끌어 올려서 새하얀 두 손을 앞으로 뻗었다.

콰르르르릉!

벽력음과 함께 대기가 터져 나가고, 서로를 향해 마주쳐 가던 두 사람의 몸이 뒤로 훌훌 날아갔다.

삼 장여를 날아가 땅에 내려선 북궁천은 호연유를 노려보았다.

호연유는 오 장을 날아간 뒤 천사교도들 사이에 내려서고 있었다.

그 바람에 그의 모습이 천사교도에게 가려져 보이지 않았다.

'혹시 저놈이 천사교의 소존?'

젊은 나이에 휘황한 도관을 쓴 걸로 봐서 그가 분명 소존인 듯했다.

'양고명이 려려를 저놈에게 바치려 했단 말이지?'

죽일 놈들!

그를 공격하려면 사이에 있는 천사교도들을 먼저 처리해야만 한다. 하지만 연합 세력의 무사들이 모두 후퇴하는 중이어서 그들 속으로 뛰어들기도 애매했다.

상대가 먼저 달려든다면 또 몰라도.

그런데 자신의 뇌정무적세에 제법 큰 충격을 받은 듯 그자는 움직일 생각을 하지 않았다.

'여우 같은 놈이 눈치 하나는 빠르군.'

자존심을 접고 몸을 사린다는 것은 한 수의 대결만으로 자신의 실력을 눈치챘다는 말. 무공만 강한 것이 아니라 머리 회전도 빠른 놈이다.

그 때 황보청의 목소리가 들렸다.

"대형!"

고개를 돌리자 무림맹 무사들이 나오는 게 보였다. 피로 범벅된 황보청과 종리기진이 그들 속에 섞여 있었다.

두 사람은 천장처럼 서 있는 북궁천을 보고 눈물이 나올 만큼 반가웠다.

하지만 일단은 악착같이 달려드는 천사교도를 먼저 상대해야 했다.

북궁천은 호연유가 있는 곳을 한 번 더 쳐다보고는, 황보청과 종리기진이 있는 곳으로 몸을 날렸다.

당장은 소존을 잡는 것보다 그들을 구하는 게 먼저였다.

　　　　*　　　　*　　　　*

　산채를 빠져나온 연합 세력 무사들은 곧장 산을 내려가 삼십 리를 달렸다.

　걸음을 멈추기 전까지 누구도 입을 열지 않았다. 흘러나오는 소리는 부상자의 신음뿐.

　그렇게 삼십 리를 달렸을 즈음, 천사교도가 추적해 오지 않는다는 확신이 든 후에야 걸음을 멈췄다.

　석양이 지고 어스름이 밀려드는 시간.

　사람들의 표정은 검게 물들어 가는 하늘보다도 더 어두웠다.

　산채에 들어갈 때만 해도 일천이었던 인원이 반도 안 되게 줄어든 상태. 그나마도 그중 절반 이상이 부상자들이다.

　제대로 적과 싸울 수 있는 인원은 기껏해야 이백.

　참담한 패배에 연합 세력 수뇌부들은 말을 잊었다.

　몸이 성한 무사들이 땔감을 구해 와 모닥불을 피웠다.

　한밤의 겨울 추위는 뼛속이 시릴 정도로 매서웠다. 성한 사람들이야 운기를 하며 견딜 수 있다지만, 부상자들은 부상이 아닌 추위 때문에 얼어 죽을 판이었다.

　그러니 불빛이 천사교를 끌어들일지 몰라도 어쩔 수 없었다.

어차피 놈들이 마음먹고 추적해 온다면 모닥불이 있으나 없으나 매한가지. 추위로 손발이 굳어지는 것보다는 차라리 모닥불에 몸을 녹이고 놈들을 맞이하는 게 나을지도 몰랐다.

그리고 계곡에서 당한 것은 빠져나갈 곳이 없었기 때문. 이곳처럼 넓은 곳이라면 그들의 숫자가 많다 해도 충분히 싸워 볼 만했다.

"빨리 부상자들을 치료해!"

"거기! 천 좀 가져와!"

모두가 타오르는 모닥불 주위에서 휴식을 취할 동안 회룡당 무사들은 바삐 오가며 부상자를 치료했다.

부상자가 너무 많아서 그들이 지닌 천과 약이 부족할 지경이었다.

그렇게 반 시진 정도 지났을 때였다.

갑자기 위효릉이 자리에서 일어나더니 머리를 풀어헤치고 무릎을 꿇었다.

"동도 여러분! 오늘의 패배는 모두 과욕을 부린 내 잘못이오. 나를 벌해 주시오!"

놀란 눈으로 그를 바라보던 사람들의 표정이 숙연해졌다.

"하아, 그게 어찌 군사만의 잘못이란 말이오? 일어나시구려."

백리진이 탄식하며 고개를 저었다.

위효릉은 고개를 푹 숙이고 참담한 목소리로 말했다.

"아니요. 서두르지 않고 철저히 정보를 얻어 가면서 싸웠다면 어찌 이런 상황이 되었겠소? 욕심을 부린 내 잘못이 맞소이다!"

그가 연신 자신의 잘못임을 강조하자, 공한 대사가 불호를 외며 합장했다.

"아미타불. 군사, 그리 말씀하시면 군사께 아무런 말도 하지 않은 우리의 잘못도 크외다. 군사의 마음을 알았으니 그만 일어나시오."

"대사, 저의 한 번 잘못으로 오백이 넘는 동도들이 죽었습니다. 참으로 면목이 없습니다."

금방이라도 눈물이 쏟아질 것 같은 위효릉의 목소리에 사람들은 마음이 착잡해졌다.

그 때 등조립이 말했다.

"백 번 싸워 백 번 이기는 장수가 없듯이, 한 번도 실수를 하지 않는 군사가 어디 있겠소? 더구나 모두들 이전의 완벽한 승리에 도취되어서 아무런 의심도 품지 않았고, 적이 그토록 지독한 계책을 펼치리라고는 꿈에도 생각지 못했소. 그러니 어찌 오늘의 패배가 군사만의 잘못이라 할 수 있겠소? 안 그렇소?"

그는 교묘한 언변으로 위효릉의 실수를 당연히 있을 수 있는 일처럼 말했다.

그리고 은연중에 잘못을 모두의 책임으로 돌렸다.

이미 백리진과 공한 대사가 비슷하게 말을 한 터라 반박하기도 애매해진 사람들은 더 이상 아무 말도 하지 않았다.

그런데 사공강후가 굳은 표정으로 한마디 하며 나섰다.

"군사의 계획에 무리가 있었던 것은 분명합니다. 또한 각 파의 수뇌부들도 너무 안이했지요. 하지만 이제와 잘잘못을 따진다고 해서 무슨 필요가 있겠습니까? 그보다는 앞으로 어떻게 할 것인지, 놈들을 어떻게 물리칠 것인지 그것에 대해서 고민해 보는 게 나을 것 같습니다."

내심 위효릉에게 책임이 크다는 생각을 하면서도 말을 못하고 있던 사람들은 사공강후의 말에 고개를 끄덕였다.

"그게 좋겠소이다. 지난 일을 따지는 것보다 앞으로가 더 중요한 일이지요."

"맞소이다. 사공 공자의 말대로 놈들을 어떻게 대처할 것인지 머리를 맞대 봅시다."

등조립은 사공강후를 슬쩍 쳐다보고는 그들의 의견에 적극적으로 찬성하는 것처럼 말했다.

"그야 당연하지요. 위 군사. 그만 일어나시고, 힘내서 좋은 의견을 내 보도록 하시구려."

위효릉은 마지못한 표정으로 일어나며 주위를 향해 공수의 예를 취했다.

"알겠습니다, 등 대협. 동도 여러분, 오늘의 실수를 만회하기 위해서라도 최선을 다해 보겠습니다."

한편, 수뇌부들이 기묘한 신경전을 벌이고 있던 그 시각.

북궁천은 구석진 곳에 모닥불을 피우고 태극문 제자들과 함께 황보청, 종리기진을 치료했다.

황보청과 종리기진의 부상은 다행히 자잘한 외상이 전부였다. 하기에 황보청은 치료를 받는 와중에도 입을 쉬지 않았다.

"후우, 대형이 아니었으면 정말 죽을 뻔했습니다. 아아! 이 형, 거기는 살살 좀 매쇼."

이정한은 그가 말을 많이 할 때마다 상처를 슬쩍슬쩍 건드렸다.

북궁천은 피식 웃을 뿐, 그가 자신을 대형이라 불러도 막지 않았다.

이제는 더 모른 척할 필요도 없었다.

계곡 입구에서의 싸움으로 수많은 사람이 그를 알게 된 상황이었다.

단순한 회룡당의 무사가 아닌, 단신으로 천사교도 오십여 명을 쓰러뜨리고 탈출로를 만든 사람으로 말이다.

그러니 황보청이 그를 대형이라 부른다 해서 이상하게 생각할 것도 없었다.

왜 그런 고수가 회룡당의 말단 무사로 있는지 그게 의문일 뿐.

그런데 북궁천과 태극문 제자들이 황보청과 종리기진을 치료하며 이런저런 이야기를 나누고 있는데, 관호명이 그곳으로 다가왔다.

북궁천은 굳이 외면하지 않았다. 그럴 이유도 없고.

어차피 빚을 받아야 할 사람은 자신이니까.

그를 뚫어지게 주시하며 걸어온 관호명은 일 장가량 떨어진 곳에서 걸음을 멈췄다.

“자네, 나를 만난 적 있지?”

북궁천 주위에 있던 사람들은 관호명이 우뚝 서서 그리 말하자 긴장한 표정으로 두 사람을 번갈아 봤다.

“원하는 것은 얻으셨소?”

북궁천은 그 어떤 말보다 확실하게 대답했다.

역시 그때 그 청년이다.

관호명은 자신이 잘못 본 게 아니라는 걸 알고 묘한 표정을 지으며 고개를 끄덕였다.

“다행이오.”

“그런데 자네가 가져간 것은 어떤 것이었나? 내 생각으로는 그것도 보통 물건은 아니었을 것 같은데 말이야.”

“알처럼 생겼는데, 향기가 좋았소.”

“지금도 있나?”

“애석하게도 지금은 없소. 오래전에 내 배 속으로 들어갔소.”

왠지 몰라도 관호명의 눈빛이 흔들렸다.

"뭔지 알아보았나?"

"그럴 시간도 없었소. 그다지 궁금하지도 않았고."

"아쉽군."

정말 아쉬워하는 표정이다. 단순히 욕심 때문에 그런 것 같지는 않다.

하지만 북궁천은 정체불명의 알에 대에 대해서 더 이야기하고 싶지 않았다.

"그날 떠날 때 귀하가 한 말 기억하시오?"

관호명은 입을 꾹 닫고 북궁천을 바라보았다.

　"중원에 올 일이 있으면 언제든 찾아와라! 오늘 못
다한 승부는 그때 가리도록 하지!"

그렇게 말했다.

지금 다시 싸운다 해도 질 마음은 없었다. 이길 수 있다는 보장 역시 없지만.

"언제든 생각이 있으면 말하게. 다만 지금은 조금 어려울 것 같군."

"나도 지금 당장 빚을 받을 생각은 없소. 때가 되면 말하죠."

"그나마 다행이군."

　묘한 분위기가 한동안 지속되자 주위에 있던 사람들은 숨조차 제대로 쉴 수가 없었다.

　그러다 두 사람이 말문을 닫고서 서로를 바라보고만 있자, 자신도 모르게 숨을 멈췄다.

　그렇게 열을 셀 시간이 흘렀을 때였다.

　"숙부님, 여기서 뭐 하십니까?"

　낭랑한 목소리와 함께 사공강후가 그곳으로 걸어왔다.

　그제야 사람들은 겨우 숨을 내쉴 수 있었다.

　하지만 사공강후마저 합류하자 이번에는 어깨가 무겁게 느껴졌다.

　관호명도 눈싸움을 멈추고 고개를 돌려서 그를 바라보았다.

　"잠시 지나간 이야기를 하고 있었네."

　사공강후의 눈이 휘둥그레졌다.

　지나간 이야기를 했다는 것은 아는 사이라는 말이 아닌가.

　"전부터 단 형을 알고 계셨습니까?"

　"내가 언젠가 이야기했지? 태행산에 갔다가 대단한 친구를 만났다고 말이야."

　"아! 그럼 단 형이 바로……."

　"맞아, 바로 그 친구지."

　"어쩐지 굉장한 실력을 지녔다 했더니, 숙부님을 곤란하게 만든 장본인이었군요."

“이렇게 만나게 될 줄은 미처 몰랐네. 그러고 보면 세상이 참 좁은 것 같아.”

사공강후는 새삼스럽다는 표정으로 북궁천을 바라보며 포권을 취했다.

“단 형에 대해선 숙부님께 말씀 많이 들었소.”

“그다지 좋은 말은 아니었을 것 같소만.”

“무슨 말씀을. 곧 제 자존심을 무너뜨릴 사람이 나타날지 모르니 저더러 단단히 각오하라고 하더구려. 그런데 이렇게 정말로 나타났으니 기대가 무척 크오.”

사공강후는 그렇게 말하면서 북궁천의 눈을 지그시 응시했다.

강렬한 승부욕이 불타는 눈빛.

북궁천은 사공강후의 마음을 읽고 담담히 말했다.

“실망하지 않았으면 좋겠소.”

“이미 단 형의 능력을 봤으니 실망할 일은 없을 것 같소. 해서 하는 말인데, 이번에 우리 선의의 경쟁을 해 보는 게 어떻겠소?”

“선의의 경쟁?”

“천사교를 놓고 경쟁해 보자는 말이오.”

“지나친 경쟁은 역효과만 가져오는 법이오.”

“사공 모가 비록 나이는 어리나 앞뒤 가리지 않고 달려들 정도로 무모하진 않소. 그 점은 걱정하지 않아도 되오.”

역시 생각이 바른 자다. 구양우경과는 비교가 안 될 정도.

"그런 마음이라면 나도 좋소. 단, 내가 언제까지 이곳에 있을지는 나 자신도 모르오. 그러니 있을 때까지만 하는 게 좋겠소. 물론 질 것 같다고 도망가는 경우는 없을 거요."

"좋소. 그럼 그렇게 하지요."

사공강후는 강한 눈빛을 번뜩이면서 입가에 잔잔한 웃음을 지었다.

북궁천도 오랜만에 헌원려려에게 얽매인 기분에서 벗어나 마음이 가벼워졌다.

"열심히 해야 할 거요. 나를 이긴다는 게 사공 형이 생각한 것보다 더 힘들 테니까."

"벌써부터 걱정이 되는군요. 하지만 단 형도 나를 쉽게 이기진 못할 거요."

두 사람의 말을 듣고 있던 황보청과 종리기진, 태극문의 제자들은 가슴이 뜨거워졌다.

그들은 지금 중원제일의 젊은 패기를 목도하고 있었다.

관호명 역시 남모르게 고개를 끄덕이며 감탄을 금치 못했다.

'부럽군. 역시 젊다는 것은 좋은 거야.'

하지만 멀리서 그곳을 바라보던 한 사람은 눈을 가늘게 뜨고 살기를 드러냈다.

‘저놈이 사공강후와 무슨 이야기를 하고 있는 거지? 설
마 내 흉을 보고 있는 건 아니겠지?’

＊　　　＊　　　＊

관호명과 사공강후가 천무회 무사들이 있는 곳으로 돌아
가자, 황보청은 마치 자신의 일인 것처럼 들떠서 말했다.
“흐흐흐, 제가 형님 하나는 확실하게 둔 것 같군요. 안
그래, 기진?”
종리기진도 그 말은 인정하지 않을 수 없었다.
“곰도 날아가는 새를 잡을 때가 있다더군요.”
황보청을 삐딱하게 말하는 종리기진을 째려봤다.
하지만 좋은 기분을 망치고 싶지 않아서 다그치진 않았다.
“그런데 대형, 대체 관 대협과 태행산에서 무슨 일이 있었
던 겁니까?”
자세한 상황을 말하기도 어정쩡한 상황. 북궁천은 대충
얼버무렸다.
“약을 하나 두고 다툰 적이 있었네.”
그 때 이정한이 눈을 반짝이며 물었다.
“혹시 태극당에 오셨을 때, 관 대협과 싸워서 부상을 입
은 거였습니까?”
북궁천은 쓴웃음을 지으며 고개를 끄덕였다.

이정한은 그것도 모르고 문전박대했던 걸 생각하니 간이 콩알만 하게 작아졌다.

'내가 미쳤지……'

그렇게 이런저런 이야기가 오가는 사이, 심장을 태워 버릴 것처럼 뜨거워졌던 가슴이 서서히 식어 갔다.

북궁천은 태극문 제자들과 황보청, 종리기진에게 운기조식으로 몸을 다스리라 하고는 모닥불을 바라보며 생각을 정리했다.

수뇌부들이 휴식을 결정해서 쉬고 있긴 하지만 솔직히 불안한 마음이 없지 않았다.

소존이란 자가 달려들 때, 자신의 계획을 엉망으로 만들었다고 했다.

그렇다면 그가 천사교를 지휘하는 것 같았다.

미끼로 수백의 목숨을 던져 줄 정도로 악독하고 냉혹한 자.

그가 지금까지 해 온 걸로 봐서는 자신들이 멀리 떨어졌다 해서 쉽게 포기할 것 같지 않았다.

'문제는 그놈이 언제쯤 움직이느냐 하는 건데……'

그가 나름대로 소존의 계획을 가늠하고 있을 때였다. 종리기진이 뜬금없이 전음으로 말을 걸어왔다.

—대형, 말씀드릴 게 하나 있습니다.

—말해 보게.

―계곡에서 탈출하기 전에 이상한 광경을 봤습니다.

―이상한 광경이라니?

―제가 본 것이 정확한 것인지 모르겠습니다만, 천무회 무사 하나가 구양우경과 부딪치고 나서 죽었습니다.

―무슨 말이지? 부딪치고 죽다니?

종리기진은 당시의 상황을 간략하게 말해 주었다.

―……그 바람에 뒤로 물러나다가 구양우경과 살짝 부딪치는 것 같았습니다. 그런데 그 직후 갑자기 가슴을 움켜쥐고 쓰러졌습니다.

―그 전에 큰 부상은 없었단 말인가?

―제가 잘못 본 게 아니라면 약간의 찰과상밖에 입지 않은 상태였습니다. 그런 상태니 이 장을 날아서 물러나고도 흔들림이 없었겠지요.

―그런데 부딪친 직후 죽었단 말이지?

―예. 가슴을 부여잡고 있는데, 심장 부위에서 피가 뿜어졌습니다.

심장에 부상을 입었다면 그 충격으로 움직일 수조차 없었을 것이다. 절정 고수라 해도 두어 걸음 움직이는 게 고작이다.

그런데 절정 고수도 아닌 자가 이 장을 날아서 물러나고 흔들림이 없었다는 것은 이해하기 힘든 일이었다.

―확실히 심장 쪽인가?

　—분명합니다. 심장이 뚫리지 않고서는 그렇게 피가 세차게 뿜어지지 않습니다.

　—구양우경은 어떻게 하고 있었지?

　—재빨리 그를 붙잡고 눕히더니 슬쩍 주위를 둘러보며 정신 차리라고 소리쳤습니다. 저는 갑자기 이상한 생각이 들어서 그와 눈이 마주치는 것을 피했습니다.

　—자네 생각은?

　종리기진은 잠시 생각을 정리하더니 속삭이듯이 말했다.

　—구양우경이 그를 죽인 것 같습니다.

　—그렇게 생각하는 이유가 단지 부딪쳤다는 것 때문인가?"

　—부딪칠 때 구양우경의 표정이 와락 일그러졌는데, 고통이 무척 심한 표정이었습니다. 그러고 나서 바로 천무회 무사가 심장이 뚫린 채 쓰러졌습니다.

　북궁천은 종리기진의 말을 머릿속에서 정리해 보았다.

　구양우경은 옆구리에 제법 깊은 상처를 입은 상태였다.

　만약 천무회 무사가 부딪치면서 그곳을 건드렸다면, 남들이 잘 모르는 구양우경의 괴팍한 성격으로 봐서 분노를 참지 못했을 수도 있었다.

　—다른 사람에게는 말하지 말게.

　—걱정 마십시오. 제가 죽이는 걸 확실하게 본 것도 아닌데 누구에게 말하겠습니까.

　　　　*　　　　*　　　　*

　이를 악문 채 어둠을 노려보는 호연유의 안색은 백짓장처럼 창백했다. 하지만 두 눈에서는 그 어느 때보다 강렬한 살광이 폭사되었다.
　'음혼혈마공(陰魂血魔功)이 밀리다니. 아무리 팔성의 경지라 해도 백리진이나 등조립, 관호명과 붙어도 충분하다 생각했는데…….'
　거기에 몇을 더한다면 사공강후와 남궁원, 임강령, 공한대사 정도.
　그런데 생판 모르는 놈과 단 일격을 겨루고 내상을 입다니!
　난생 처음 당한 패배는 세상을 짓이겨 버리고 싶을 만큼 충격적이었다.
　더구나 상대는 강호에 이름도 알려지지 않은 자가 아닌가.
　더 화가 나는 것은 그로 인해서 지난 보름간 꾸며온 계획이 절반의 성공으로 끝났다는 것이다.
　그놈만 아니었어도 입구는 뚫리지 않았을 것이고, 생존자는 이백 명 이내였을 게 분명하거늘!
　으드득.
　이를 간 그의 눈빛이 새파랗게 번뜩였다.
　그 때 여립이 침중한 표정으로 말했다.

"소존, 예상했던 것보다 피해가 너무 많소. 일단 상황을 정리하고 상주로 물러서는 게 어떻겠소?"

호연유의 살기 띤 눈이 여립을 향했다.

"비록 적을 몰살시키진 못했지만 우리가 승리한 것은 분명합니다. 그런데 왜 물러나자는 것입니까?"

여립은 호연유가 분노의 방향을 자신에게로 틀자 기분이 상했다.

하지만 현재의 총책임자는 소존이니 직접적으로 따지지도 못했다.

"교주께서도 아직은 때가 아니라고 했잖소? 일보 후퇴 이보 전진이란 말이 있듯이, 물러서서 놈들에게 더 큰 충격을 줄 수 있는 계획을 짜는 게 낫다고 보오."

하지만 독안마종이 그의 의견에 반대했다.

"노부는 그냥 이대로 놈들을 추격해서 끝장을 보는 게 나을 것 같다는 생각이오."

호연유는 미간을 좁히고 입술을 물어뜯었다.

냉정히 생각해 보면 여립의 말이 옳았다.

함정을 벗어난 호랑이는 더욱 사나워지는 법. 더구나 넓은 곳에서의 싸움은 고수가 많은 저들에게 유리했다.

하지만 이대로 물러나기에는 아쉬움이 너무 많았다.

"일단 놈들의 상황을 정확히 알아보고 나서 결정하도록 하겠습니다. 그러니 그 일에 대해선 더 왈가왈부하지 마십시오.”

그 때 구사령 중 귀사령이 그의 방으로 빠르게 들어오며
말했다.

“소존, 놈들이 삼십 리 떨어진 곳에서 모닥불을 피운 채
휴식을 취하고 있다 합니다. 어떻게 하시겠습니까?”

“모두 몇 놈이나 되오?”

“사백여 명가량 됩니다만, 부상자가 그중 절반은 된다고
봐야 할 겁니다.”

적의 숫자는 사백여. 그나마도 절반은 부상자다.

반면 천사교도는 팔구백 정도.

저들에게 고수가 많다 해도 그 정도 차이라면 해 볼 만하
다.

천사교도 전부가 죽어도 놈들을 전멸시킨다면 손해가 아
닌 것이다.

호연유는 싸늘한 눈빛을 번들거리며 여립을 바라보았다.

“어둠을 이용하면 큰 타격을 줄 수 있을 겁니다. 놈들에
게 지옥이 아직 끝나지 않았다는 걸 알려 줘야겠습니다.”

第六章
죽은 자가 하는 말

연합 세력 무사들이 휴식을 취하는 숲은 적막감에 잠겨 있었다.

밤새 소리와 모닥불에 나무를 던지는 소리, 불티가 튀는 소리만이 간혹 들릴 뿐.

좌정한 채 대주천을 마친 북궁천은 모닥불이 약해져 가는 걸 보고 나무 두어 개를 집어넣었다.

그 때 저 멀리 모닥불가에 앉아 있는 구양우경이 보였다.

문득 모닥불에 비친 그를 보자, 자신의 품속에 있는 상자 속 일지에서 봤던 내용이 떠올랐다.

'여자를 필요로 한 사람이 수룡위사대원일까? 아니면 저

놈?'

조건이 매우 까다로운 여자를 원하고 있었다.

가격도 은자 오십 냥으로 기루의 여자와 하룻밤을 보내기에는 매우 비싼 가격이었다.

문제는 여자를 원하는 게 수룡위사대원인지, 구양우경인지 판단할 수 없다는 점이었다.

일지에는 단지 '광원(光源) 요(要)'라고만 쓰여 있었으니까.

'조관을 죽인 놈을 잡아야 정확한 것을 알 수 있을 텐데……'

만약 그 사건이 자신이 생각하고 있는 것과 맞물려 있다면, 뜻밖의 성과를 얻게 될지도 모른다.

그가 그 일을 보다 신중하게 처리하려는 것도 어쩌면 그 때문이라 할 수 있었다.

'일단 이조량이 가져올 소식을 기대해 봐야겠군.'

북궁천은 구양우경에게서 시선을 떼고 모닥불을 바라보았다.

그 때였다. 멀리서 음산한 기운이 밀려오는 게 느껴졌다.

단순한 겨울의 찬 바람이 아니었다.

'올 것이 왔군. 생각보다 빨라.'

그는 소존의 영악함에 치를 떨었다.

자신들이 휴식을 취하고 있다는 걸 소존이 모르고 있을

거라는 생각은 하지 않았다.

그럼에도 새벽쯤 움직일 거라 생각했다. 저들도 휴식을 취하며 전열을 정비할 시간이 필요할 테니까.

더구나 지금은 산채의 계곡에 갇혀 있을 때와는 상황이 다르지 않은가 말이다.

그래서 새벽을 한 시진 정도 남겨 놓고 움직일 생각이 없으면 천광호를 통해서 말을 전하려 했거늘, 예상을 깨고 두 시진 만에 공격해 온다.

그 말인 즉, 무리를 해서라도 끝장을 보자는 뜻!

'지독한 놈. 교도들이 얼마가 죽든 이기기만 하면 된다는 거겠지.'

그는 주위에서 쉬고 있는 태극문 제자들과 황보청, 종리기진에게 말했다.

"떠날 준비를 해라."

"예? 예, 대형."

그들은 의문을 갖지 않고 자리에서 일어나 무기와 물품을 챙겼다.

회룡당 대원들도 엉거주춤 일어나서 물품을 챙겼다.

그 때였다.

"각주! 놈들이 오고 있습니다!"

잠은각 우령주 곽조승의 급박한 목소리가 숲 속의 평온을 깼다.

화들짝 놀라서 일어난 위효룡이 주위를 둘러보며 소리쳤다.

"출발 준비를 서두르시오!"

두 시진의 휴식.

어느 정도 기력이 회복된 연합 세력의 무사들은 형형한 안광을 번뜩이며 몸을 일으켰다.

"비록 우리의 숫자가 적긴 하지만 계곡에서 앞뒤가 막혔을 때와는 상황이 많이 다르오. 단순히 방어만 할 게 아니라 반격을 해서 놈들에게 뜨거운 맛을 보여 주는 게 어떻겠소?"

등조립이 천사교가 추적해 오기를 기다렸다는 듯 말했다.

그의 말도 일리가 있었다. 하지만 숫자의 차이가 지나치게 컸다.

설령 저들에게 큰 피해를 입힐 수 있다 해도 자신들 역시 상당한 피해를 감수해야만 할 터. 이미 한 번의 실패를 맛본 위효룡은 모험을 하기가 두려웠다.

"그건 너무 위험하오. 포위되면 부상자를 보호할 수 없으니 일단은 후퇴하는 일에 치중하도록 합시다."

다른 사람들도 당장은 천사교와의 정면 대결을 원치 않았다.

"놈들을 치는 것은 전열을 정비한 다음에 해도 될 거요. 그러니 위 각주 말대로 합시다."

“놈들이 곧 몰려올 테니 서두릅시다!”

결국 후퇴하기로 중론이 모아지자 움직임이 빨라졌다.

그곳에 천사교도들이 도착한 것은 연합 세력 무사들이 떠난 지 일각이 조금 넘게 지났을 때였다.

그들은 모닥불을 뒤적여서 떠나간 시간을 유추하고는 곧바로 추적을 시작했다.

북궁천은 회룡당 대원들과 함께 움직였다.

그의 가공할 무위를 알게 된 수뇌부에서 부상자들 돕는 것은 다른 사람에게 맡기고 자신들과 함께 움직이자고 했지만 그가 거부했다.

당장은 수뇌부들과 함께 있는 것보다 회룡당 무사들과 함께 있는 것이 더 편했다.

천광호는 그 말을 듣고 흐뭇한 표정을 지었다.

‘역시 뛰어난 사람은 뭐가 달라도 다르다니까.’

반면 수룡위사대원들의 보호를 받는 구양우경을 볼 때는 이맛살이 와락 구겨졌다.

그는 그리 중한 상처가 아닌데도 들것에 누워서 이동했다. 그 바람에 수룡위사대원 둘이 불필요한 고생을 하고 있었다.

‘싸울 사람 하나가 아쉬운 상황인데 저게 무슨 짓이야?’

그 때 뒤쪽에서 소성이 급박하게 울렸다.

삐익! 삐이이익!

뒤로 처져서 천사교의 추적을 감시하던 잠은각 무사 신호음이었다.

적이 가까이 다가오고 있다는 뜻!

소성이 울린 지 일각이 지날 무렵.

후미를 향해서 검은 물결이 밀려들었다.

유난히 창백한 달빛 아래 비친 그들의 모습은 마치 까마귀 떼가 들판을 덮고 몰려오는 것 같았다.

일반 무사 일부가 중상자들을 도우면서 계속 이동하고 나머지는 돌아서서 적이 다가오기를 기다렸다.

북궁천도 이정한 등을 중상자와 함께 먼저 보냈다.

그리고 천광호를 비롯한 회룡당 무사 삼십여 명과 함께 후미로 처져서 적의 공격에 대비했다.

어둠을 짓누르며 달려오는 자들의 숫자가 족히 일천은 될 것 같다.

숫자에서 서너 배의 차이.

게다가 그들은 죽음을 두려워하지 않는 자들이고, 연합 세력의 수뇌부에 뒤지지 않는 고수들이 적지 않다.

다행이라면 넓은 평원이어서 전과 달리 움직임이 자유롭다는 것. 실력 대 실력의 대결이라는 점이다.

스릉! 챙!

수백 자루의 도검이 달빛 아래 새파란 모습을 드러냈다.

동시에 어둠을 흔들며 메아리치는 위효릉의 목소리.

“우리가 저들을 막지 못하면 하남의 정의가 무너질지도 모르오! 모두 혼신의 힘을 다해 주시오!”

그의 목소리가 잦아들 즈음, 천사교도들이 함성을 내지르며 연합 세력 무사들 속으로 뛰어들었다.

와아아아아!

“천사의 혼으로 위선을 무리를 베라!”

“지옥으로 보내 주마!”

연합 세력 무사들과 천사교도들은 상대의 목숨을 취하기 위해 눈이 벌게졌다.

천사교도들은 하나가 죽으면 또 하나가 달려들고, 둘이 죽으면 또 하나가 달려들었다.

싸움이 시작된 지 얼마 되지도 않아서 백여 구의 시신이 차갑게 얼어붙은 겨울 들판을 뒤덮었다.

광기에 가까운 고함이 여기저기서 터져 나오고, 비명과 신음이 끊임없이 흘러나왔다.

귀청을 찢을 것처럼 울리는 병장기 부딪치는 소리. 기운이 폭발하는 소리.

바닥에는 팔다리가 잘려서 나뒹굴고, 토막 난 몸에서 솟구친 피 분수가 허공에 안개처럼 퍼졌다.

어둠의 장막도 시뻘건 핏물만 가려 줄 수 있을 뿐, 숨 쉴 때마다 밀려드는 피비린내와 지독한 악취까지는 막아 주지 못했다.

아비규환. 온몸이 절로 진저리 쳐지는 상황!

절대의 경지에 이른 고수들조차 적아를 구분하기 힘든 난전에서는 제대로 능력을 발휘하지 못했다.

그 와중에 선우강와 천종규가 심장이 뚫리고, 팔다리가 잘리며 처참하게 죽어 갔다.

천광호가 그 모습을 보고 악을 썼다.

"형님!"

송찬과 백종오가 그를 도와서 천종규에게 접근했다.

"당주! 우리가 막을 동안 승룡당주님을 모시고 물러나십쇼!"

하지만 그들의 실력은 천사교의 공격을 오랫동안 막아 내기에 역부족이었다.

십여 초가 지나기 전에 백종오가 먼저 가슴이 길게 베어진 채 쓰러지고, 다시 오 초가 지날 무렵 송천마저 쓰러졌다.

천광호는 그걸 보고 진짜 미친 호랑이가 되어서 광분했다.

"얼마든지 와! 개새끼들아!"

시간이 흐르자 연합 세력의 무사들 쓰러지는 숫자가 점점 많아졌다.

한 사람이 다수를 상대해야 하는 상황. 누구도 다른 사람을 도울 겨를이 없었다.

등조립과 백리진은 독안마종과 여립을 상대하느라 손발이 묶여 있었다.

관호명과 사공강후를 비롯한 천무회의 고수들과 남궁원, 공한 대사를 비롯한 무림맹의 장로들도 구사령 중 일부와 마도 고수의 합공을 상대하느라 정신이 없었다.

연합 세력에 고수가 많다 해도 이대로 시간이 흐르면 양패구상이 확실한 형세. 연합 세력의 수뇌부 누구도 그런 상황을 바라지 않았다.

더구나 방어선이 뚫려서 포위망에 갇히면 빠져나가는 것조차 쉽지 않을 터. 그들은 하나둘 서서히 뒷걸음질을 치기 시작했다.

그즈음, 북궁천은 이십여 명의 천사교도를 쓰러뜨린 후 호연유와 구사령 중 둘을 상대했다.

묵혼이 어둠을 가를 때마다 호연유와 흑사령, 귀사령은 힘을 합쳐서 북궁천의 공격을 막았다.

셋이 덤비고도 밀리자 호연유는 치를 떨었다.

'대체 이놈이 누군데 이리도 강하단 말이냐!'

흑사령과 귀사령은 공포심마저 들었다. 그것은 죽음과는
또 다른 두려움이었다.

북궁천의 공격을 받아 낼 때마다 그 충격으로 온몸이 떨
렸다.

그나마 합공을 해서 충격을 가라앉힐 수 있는 여유가 있
기에 망정이지, 혼자였다면 몇 초 받아 내지도 못했을 것이
분명했다.

반면 북궁천은 짜증이 났다.

'정말 여우 같은 놈이군.'

숫자가 적은 연합 세력으로선 고수 십여 명만 손발이 묶
여도 치명적이다.

소존이란 자는 방어에 치중해서 고수들을 묶어 놓고 연
합 세력 무사의 숫자를 최대한 줄일 생각 같다.

자존심 따위는 처음부터 생각하지 않고 오직 승리만을
목적으로 삼았다는 뜻. 물론 천사교도의 죽음은 안중에도
없었을 것이다.

빌어먹을 일이지만 저들의 입장에서는 그 이상 좋은 방법
이 없었다.

'결국 힘을 더 드러내야 한다는 건가?'

그래야 한다면 할 수 없지!

북궁천은 북천을 떠나온 이후 처음으로 북천궁 최강의
패왕공인 북천명왕공(北天明王功)을 끌어 올렸다.

과거 관호명과 싸울 때는 몸이 엉망이어서 펼쳐 보지도
못했다.

그러나 지금은 펼쳐도 부담 가지 않을 정도로 공력이 회
복되어 있었다.

문제는 북천명왕공에 특징이 있어서 알아보는 사람이 있
을지 모른다는 것이다.

하지만 달빛이 밝긴 해도 모두가 격전에 정신이 팔려 있
는 상태. 하물며 북천도 아닌 이곳에서 북천명왕공을 알아
볼 사람은 없을 것 같았다.

결심을 굳힌 그는 북천명왕공을 묵혼에 주입했다.

고오오오!

그가 검을 들어 올리자, 어둠이 은은히 떨리며 그를 중심
으로 회오리쳤다.

그리고 곧 주위의 기운이 이지러지는 공간 속으로 빨려들
었다.

북궁천을 공격하려던 호연유는 흠칫하며 공격을 한 발
늦추고, 흑사령과 귀사령이 먼저 북궁천을 향해 달려들었
다.

찰나!

어둠 속에서 검강이 폭발하듯이 터졌다.

콰아앙!

천지를 울리는 귀청이 터질 것 같은 굉음!

흑사령과 귀사령이 바위에 부딪쳐 튕겨난 구슬처럼 날아 갔다.

간발의 차이로 공격을 멈춘 호연유는 눈을 홉뜨고 이를 악물었다.

훌훌 날아간 흑사령이 몸을 구긴 채 나뒹군다. 허리와 목이 괴이하게 꺾인 걸 보니 회복 불능의 중상을 입은 것처럼 보인다.

비틀거리며 겨우 땅에 내려선 귀사령도 팔 하나가 어디로 날아갔는지 보이지 않고, 악다문 입에서 억눌린 신음만 흘러나온다.

"끄으으윽!"

갑자기 훅 밀려드는 피비린내. 귀사령의 팔이 가루가 되어서 허공중에 흩어진 것 같다.

'마, 맙소사!'

호연유는 단 일검에 흑사령과 귀사령이 당했다는 것이 믿어지지 않았다.

천하에 저토록 패도적인 무공이 있다니!

그는 공격할 엄두도 내지 못하고 부릅뜬 눈으로 북궁천을 바라보기만 했다.

북궁천은 한 발 앞으로 내딛으며 묵혼을 가로로 그었다.

북천명왕공이 실린 일자패천검이었다.

순간, 어둠이 가로로 길게 갈라지는가 싶더니 비틀거리던 귀사령의 머리가 환영을 보는 것처럼 옆으로 미끄러져 툭 떨어졌다.

'헉!'

호연유는 섬뜩함을 느낀 순간 반사적으로 이 장을 물러나서 검세의 동선을 가까스로 벗어났다.

찰나였다.

등골이 오싹해지는가 싶더니 가슴이 시원해졌다. 가슴 옷자락이 길게 갈라진 것이다.

그 때 위효릉이 악을 쓰며 외쳤다.

"모두 뒤로 물러나면서 적을 상대하시오!"

북궁천은 호연유를 지그시 바라보며 몸을 뒤로 뺐다.

북천명왕공을 펼치느라 일순간 공력이 허해진 상태. 무리해서 적진으로 뛰어들 이유는 없었다.

'한 번만 더 펼칠 수 있었어도 저놈까지 죽였을 텐데. 운 좋은 줄 알아라, 여우 새끼!'

연합 세력의 수뇌부 십여 명과 북궁천이 후미를 막으며 후퇴했다.

독안마종과 여립이 이끄는 천사교도들은 죽음을 도외시한 채 불나방처럼 뛰어들었다.

연합 세력 무사 중 남은 자는 백칠팔십 명. 반면 천사교도는 아직 육칠백 명이 남아 있었다.

그렇게 처절하고 참혹한 도주가 십 리를 계속되는 와중
에 천사교도는 이백여 명이 더 차디찬 바닥에 쓰러졌다.

그리고 그들이 추적을 멈췄을 때, 남아 있는 연합 세력
무사들은 백여 명에 불과했다.

후퇴하던 연합 세력 무사들은 상남을 삼십 리 남겨 놓은
지점에서 부상자들과 만났다.

그들은 돌아온 사람이 삼분지 일밖에 안 되는 걸 알고 표
정이 돌덩이처럼 굳어졌다.

그나마 돌아온 사람들도 대부분 부상을 입은 상태였다.

심지어 절대지경의 고수도 예외가 아니었다.

백리진은 내상을 입은 상태였고, 임강령은 가슴과 다리에
깊은 상처를 입고 있었다.

관호명과 사공강후 역시 자잘한 외상과 내상을 입었고,
남궁원은 몸이 붉게 물들어 있었다.

원래부터 혈의를 입고 있었던 것처럼 옷이 피범벅된 위효
릉이 창백한 표정으로 명을 내렸다.

"철은보로 갑시다."

이전에 비해서 자신감이 현저하게 떨어진 목소리였다.

*　　　*　　　*

철은보에 도착한 연합 세력은 그곳에서 휴식을 취하며 서평과 각 세력으로 전령을 보냈다.

현재의 전력을 생각한다면 서평까지 후퇴하는 게 나을지 몰랐다. 그러나 상남을 고스란히 넘겨주기에는 아쉬움이 너무 컸다.

그날 오후, 각 세력의 수뇌부는 어느 정도 몸과 마음이 안정되자 그 일로 격론을 벌였다.

그리고 결국 천사교의 동태를 살피기 위해서라도 철은보에 남는 것이 낫다는 결론을 내렸다.

의외라면 부상을 핑계로 돌아갈 줄 알았던 구양우경이 그대로 남았다는 것이다.

그가 그러한 결정을 내리게 된 이유 중 하나는 사공강후 때문이었다.

그러잖아도 부상당한 채 돌아가면 사공강후에게 영원히 패배감을 느낄 것 같아서 망설여졌다.

그런데 사공강후가 그를 찾아와서 말했다.

"구양 형, 몸도 안 좋은데 궁으로 돌아가는 게 어떻겠소? 아무래도 천사교와의 험악한 싸움은 구양 형에게 어울리지 않는 것 같소만."

그 말이 마치 비웃는 것처럼 들렸다.

너처럼 약한 자가 험난한 싸움터에서 어떻게 견디겠냐는 말처럼 느껴졌다.

자존심이 상한 그는 되받아쳐 줬다.

"내 걱정은 마시오, 며칠이면 다 나을 테니까. 그런데 사공 형이야말로 마음이 약해서 문제요. 놈들은 봐주면서 싸울 자들이 아닌데, 손속에 너무 인정이 넘치더구려. 하하하하."

돌아가고 싶은 마음이 없는 것은 아니다. 서문려려와 함께 궁으로 돌아가서 그동안 아껴 두었던 즐거움을 만끽하고 싶었다.

그러나 천무회의 소회주인 사공강후가 남아 있는 이상 이대로 돌아갈 수는 없었다.

자존심이 상해서라도.

더구나 자신이 빠지면 단화린이 대신 사공강후와 함께 평가될 것인데, 두 눈 뜨고 그 꼴을 어찌 본단 말인가!

그리고 또 다른 이유라면, 사람을 마음대로 죽일 수 있다는 것이었다.

전쟁터에서는 사람을 어떻게 죽이든 누구도 뭐라 하지 않는다. 몰래 숨어서 죽일 필요도 없다.

남들이 보는 앞에서 자신의 실력을 뽐내며 마음껏 누구를 죽인다는 것.

그것은 참으로 짜릿한 즐거움이었다.

솜털이 곤두서는 전율!

*   *   *

철은보로 돌아온 그날 밤.

천광호는 어디서 술을 구했는지 고주망태가 되도록 마셨
다.

그리고 미친 호랑이가 술 취한 호랑이가 되어서 북궁천에
게 속을 다 털어놓았다.

"내가 왜 미친놈처럼 지낸 줄 아나?"

북궁천은 아무 말도 하지 않고 천광호의 술잔에 술을 채
워 주었다.

천광호는 술 냄새가 뿜어져 나오는 입을 북궁천에게 바
짝 들이대고 속삭이듯이 말했다.

"오래전, 가장 친했던 놈을 내 손으로 죽였다네. 왜 죽였
는지 아나? 알고 보니 천사교의 교도지 뭔가. 그놈 때문에
내 형제와 동료들 수십 명이 죽어서 죽일 수밖에 없었어. 죽
일 수밖에. 크크크크."

천광호는 붉어진 눈으로 툴툴거리며 웃더니 술잔을 들어
목 안에 들이부었다. 그리고 빈 술잔을 만지작거리며 말을
이었다.

"그때부터 천사교가 얼마나 독한 놈들인지 알았다네. 그
리고 언젠가는 다시 나타날 거라고 생각했지. 사실 그래서
대원들을 닦달했던 거야. 강해야 한 놈이라도 더 살 수 있

을 테니까. 빅어먹을."

그는 술병을 들어서 술잔을 채우고 고개를 쳐들었다. 그리고 북궁천의 두 눈을 뚫어지게 바라보았다.

"솔직히 내가 걱정하는 것은 이곳에 정체를 숨기고 있는 천사교도가 몇 놈이나 되는가 하는 거야. 그놈들을 잡아내지 못하면 설령 이긴다 해도 엄청난 피해를 입을 수밖에 없어."

정파의 유명한 고수인 양고명조차 천사교도였다.

어떤 사람이 천사교도인지 그 누가 알 것인가?

"자네가 그놈들 좀 잡아 주게. 믿을 수 있는 사람은 자네밖에 없어."

"저도 천사교도일지 모르는 일 아닙니까?"

어느 날 갑자기 정체불명의 고수가 등장했으니 충분히 의심할 만했다.

하지만 천광호는 피식 웃으며 고개를 세차게 저었다.

"전이었다면 그렇게 생각했을지도 모르지. 아무도 믿을 수가 없으니까. 그런데 이제는 아니야. 웬 줄 알아? 자넨 천사교의 소존과 싸운 사람이거든."

"그게 그렇게 중요합니까?"

"중요하지. 그것도 아주 중요해. 천사교도는 무슨 일이 있어도 천사지존에게 검을 겨눌 수 없네. 그리고 소존은 천사지존의 현신이나 마찬가지지. 그러니 소존을 궁지로 몰아

넣은 자네는 천사교도가 될 수 없다네."

"등 대협이나 백리 대협, 임 대협도 있지 않습니까? 설마 그분들도 의심하는 건 아니겠지요?"

물론 천광호도 그들까지 의심하지는 않았다. 그들이 정말 천사교도였다면 어젯밤의 싸움에서 살아남지도 못했을 것이다.

그런데도 천광호가 그들이 아닌 북궁천에게 부탁하는 이유는 아주 단순했다.

"그 양반들은 내가 움직일 수 없잖아. 자네는 아직 내 수하고. 상관의 마지막 부탁이라 생각하고 좀 해 주게."

*　　　*　　　*

"바보 같은 놈! 네놈의 고집 때문에 얼마나 많은 교도들이 죽었는지 아느냐?"

은은한 노성이 거대한 대전을 흔들었다.

호연유는 고개를 숙인 채 입술을 깨물었다.

그의 앞 거대한 태사의에는 가슴에 금실로 하늘 천 자가 새겨진 검은색 비단 도포를 입고, 검은 수염이 가슴까지 늘어진 중년인이 금빛 휘황한 도관을 쓰고 앉아 있었다.

그 중년인이 바로 천사교에서 그가 어찌할 수 없는 단 하나의 존재, 천사지존(天邪至尊)인 천사종 호연도광이었다.

이십여 년 전에 무림맹을 몰락시키고, 지금은 섬서를 장악한 절대자.

"엉뚱한 놈이 훼방만 놓지 않았어도 완벽한 계획이었습니다, 지존이시여! 그놈만 아니었어도 그토록 많은 교도들이 죽지도 않았을 것이고, 놈들을 전멸시킬 수 있었을 것입니다!"

"한 사람 때문에 실패한 계획 따위를 어찌 완벽하다 할 수 있단 말이냐?"

천사종 호연도광의 다그침이 계속되자 호연유가 지지 않고 토를 달았다.

"그놈은 저와 흑사령, 귀사령의 합공을 막아 낸 놈입니다. 그리고 그 와중에 흑사령과 귀사령을 죽이기까지 했습니다! 그런 놈을 어찌 단순하게 한 사람 정도로 평가할 수 있겠습니까?"

"그런 정도의 인물이라면 미리 파악을 했어야지! 네가 아직도 무슨 잘못을 했는지 모르는구나!"

"그자는 저와 비슷한 나이였습니다. 하지만 사공강후도 아니었고, 구양우경도 아니었습니다. 이름도 알려지지 않았고, 삼성궁 평무사의 복장을 하고 있었습니다. 나름대로 호교령을 통해서 놈들에 대해 파악했습니다만, 그런 자가 있을 줄은 생각도 못했습니다."

그 말에는 호연도광도 눈만 치켜뜰 뿐 바로 답을 못했

다.

"그게 사실이냐?"

"그렇습니다, 지존. 그자까지 파악을 하지 못한 것이 잘못이라면 저도 잘못을 인정하겠습니다. 그러나 본 교가 지닌 정보에도 없고 호교령조차 모르는 자가 갑자기 툭 튀어나왔으니 저라 한들 어찌하겠습니까?"

호연도광은 기이한 광채가 일렁이는 눈으로 호연유를 바라보았다.

"그놈에 대해 조사는 하고 있느냐?"

"혈사령을 시켜 놈에 대해서 샅샅이 조사하라 했습니다. 놈의 정체가 뭔지, 놈이 뭘 좋아하는지, 놈과 가까운 놈이 누군지, 놈과 관계된 것은 뭐든 모조리 알아내라고 했습니다."

호연유는 이를 갈면서 대답하고 새파란 살광을 번뜩였다.

호연도광은 그쯤에서 호연유에 대한 다그침을 멈췄다.

그가 아들을 다그친 것은 아들이 잘못했기 때문만은 아니었다.

하찮은 교도들의 죽음이야 아쉬울 것이 없었다.

문제는 그냥 놔둘 경우, 교도들의 마음이 흔들릴지 모른다는 것이었다.

그래서 그들의 마음을 다스리기 위해 아들을 다그친 것

뿐이었다.

그는 만사만악(萬邪萬惡)의 지존.

일천이 아니라 일만이 죽어도, 하남의 정파 무리를 무너뜨릴 수 있다면 웃으면서 보낼 수 있었다.

"좋다. 그럼 너의 죄에 대해서는 나중에 묻기로 하겠다. 대신 앞으로 공을 세우지 못한다면 이전의 잘못까지 추궁할 것이니 그리 알도록 해라."

호연유도 당연히 그리될 줄 알았다는 듯 미소를 지으며 무릎을 꿇었다.

"알겠사옵니다. 지존이시여!"

그 때 호연도광이 몸을 일으켰다.

좌우로 늘어서 있던 열여덟 명의 천사교 최고위급 교도들이 일제히 두 손을 모으고 고개를 숙였다.

"어쨌든 소존의 공격으로 놈들이 큰 피해를 입었을 터. 그렇다면 곧 저들의 총단에서 지원 무사가 올 것이다. 그들이 모두 도착한 후 본존의 위엄을 보일 것이니, 그때까지 만반의 준비를 하고, 교도들의 신심을 최대한 끌어 올리도록 해라!"

"천사지존의 명을 받드옵니다!"

잠시 후.

호연도광과 호연유는 화려한 방 안에서 마주 앉았다. 대전에서와 달리 부드러운 분위기였다.

"정말 굉장한 놈이었습니다. 하마터면 그놈에게 정말로 죽을 뻔했습니다."

"그러게 매사에 조심하고, 세운 계획은 열 번, 스무 번 되돌아보라고 하지 않았더냐?"

부친의 다그침이 더 듣기 싫은 호연유는 화제를 돌렸다.

"철군성은 어떻게 되었습니까?"

호연도광의 눈썹이 송충이처럼 구겨졌다.

"아무래도 괜히 건드린 것 같다. 놈들의 움직임을 보니, 아무래도 곽전유가 우리 쪽 사람이라는 걸 알아챈 것 같아."

"그럼 그를 제거해서 놈들에게 넘겨주면 어떻겠습니까? 그를 넘겨주면서 개인적인 욕심이었다고 하면 철군성도 우리를 적으로 삼지는 않을 것 같습니다만."

"그럴 수도 있지. 하지만 놈들이 움직였다는 것은 우리를 적으로 삼겠다는 마음을 굳혔다는 뜻이다. 이미 우리를 향해 칼을 겨눈 상태이니, 그 마음을 바꾸려면 어지간한 대가로는 끄떡도 하지 않을 거야."

"그 계집만 잡아서 제 것으로 만들었으면 공손무극도 꼼짝 못 했을 텐데, 정말 아쉽군요. 그들이 황하를 넘어와서 북쪽을 교란하면 일이 훨씬 수월하게 진행될 텐데 말입니다."

“어쩔 수 없지. 그보다 명화회(明火會)의 애송이들을 끌어들이는 일에 더 신경을 쓰도록 해라. 본격적인 하남 공략을 하기 전에 완전히 끌어들여.”

“걱정 마십시오. 그놈들은 자신들이 불구덩이 속에서 놀고 있는 줄도 모르고 있습니다. 후후후후”

“잘된 계략 하나가 수백 명의 고수보다 더 힘을 발휘하는 법이다. 그 점을 잊지 말고 항상 신중하게 움직이도록 해라.”

“명심하겠습니다.”

*　　　*　　　*

철은보로 돌아온 다음 날 오후. 천광호가 회룡당 대원들을 소집했다.

“출동한다! 목적지는 회원. 임무는 시신을 회수하는 일이다! 모두 준비하고 집합하도록!”

회원은 추적을 당하며 가장 격렬하게 싸웠던 장소였다. 그곳에는 아직도 수백 구의 시신이 널려 있었다.

북궁천과 태극문 제자들도 시신 회수 작업에 출동했다.

행여나 천사교도가 나타날까 봐 걱정했지만 그들은 그림자도 보이지 않았다.

그렇게 두 시진을 달려 도착한 들판과 계곡에는 연합 세력 무사와 천사교도의 시신 수백 구가 뒤엉켜 있었다.

천광호는 천종규의 시신을 찾아서 조심스럽게 안아 들었다.

일대와 이대원들은 송찬과 백종오의 시신을 먼저 챙겼다.

백종오는 팔이 잘린 채 죽어 있었는데, 초강이 사오 장 떨어진 곳에서 그의 팔을 찾아냈다.

잠시 후.

주요인사 삼십여 명의 시신을 찾아낸 그들은 얼어붙은 구덩이를 파고 나머지 시신을 묻었다.

석양이 지는 시각.

말없이 시신을 묻는 그들의 모습에서는 음산함마저 느껴졌다.

회룡당이 아무 탈 없이 돌아오자, 연합 세력의 수뇌부들도 긴장을 풀었다.

천사교도가 나타나지 않았다는 것은 멀찌감치 후퇴했다는 뜻이 아니겠는가.

그런데 시간이 지나자 짙은 패배감이 사라지고, 심지어는 패배한 것이 아니라는 말조차 나왔다.

하긴 총피해규모만 따진다면 그들의 피해가 자신들보다 더했다. 그리고 어쨌든 자신들은 상남까지 점령하지 않았는가 말이다.

연합 세력 무사들이 불안감과 안도감이 교차되는 나날을
보내는 동안 북궁천은 구양우경을 주시했다.

그리고 그가 떠나지 않을 거라는 말을 듣고 마음을 놓았
다.

그의 낯짝은 반쪽도 보기 싫지만, 그가 헌원려려와 함께
궁으로 돌아가는 것보다는 훨씬 나았다.

어느 정도 마음의 여유가 생긴 북궁천은 태극문 제자들
의 수련을 도와주었다.

그가 이정한 등에게 가르쳐 준 무공은 검법 두 가지와 장
법 하나였다.

검법은 회풍십이검(回風十二劍)과 섬라칠식(閃羅七式). 그
리고 장법은 오초식으로 이루어진 광선장법(廣宣掌法)이었
다.

셋 다 그가 북천의 패왕공을 익히기 위해서 기초로 삼은
무공들이었는데, 말이 기초지 실질적으로 절기라 부르기에
부족하지 않은 상승의 무공이었다.

더구나 각자의 성격과 몸에 맞는 걸로 고른 것이어서 세
사람은 빠르게 무공의 진수를 흡수했다.

황보청과 종리기진은 그들이 발전해 가는 것을 보고 엉덩
이에 불붙은 말처럼 자신들을 다그쳤다.

북궁천은 그런 두 사람에게 하나의 화두만 던져 주고 아
무런 가르침도 내리지 않았다.

"벽을 억지로 깨려하지 마라. 벽을 보려고도 하지
마라. 수련에 혼을 쏟다 보면 언젠가 느닷없이 벽이
무너져 있다는 걸 느끼게 될 것이다. 그때까지는 아
무것도 욕심내지 말고 자신을 다스리기만 해라."

오늘이 될지 내일이 될지, 아니면 몇 년 후가 될지 몰라
도, 그 벽을 깨는 것은 온전히 자신들의 몫이었다. 북궁천
은 길만 알려 줄 수 있을 뿐.

*   *   *

나흘째 되던 날 아침.
잠은각 무사들로부터 산채에 있던 천사교도들이 완전히
철수했다는 소식이 전해졌다.
산적 가족들이 돈 될 물건은 가져가고, 시신들은 그대로
놔둔 상태라고 했다.
또 다시 회룡당이 바빠졌다. 수백 명의 시신을 모두 가져
올 수는 없어도 땅에 묻어 줄 수는 있을 것이었다.
북궁천은 대원들과 함께 가기로 하고 이정한을 보내서
황보청과 종리기진을 데려오게 했다.
그들이 산채의 시신을 회수하러 간다고 하자 무림맹과

천무회에서도 오십여 명이 참여했다.

그런데 뜻밖에도 사공강후가 직접 천무회 무사들을 이끌고 나섰다.

철은보를 출발한 사람들은 산채를 향해 빠르게 달렸다.

중간쯤 가자 미처 처리하지 못한 시신이 듬성듬성 보였다. 그들은 시신을 처리할 서너 명만 남겨 두고 계속 달렸다.

세 시진 후.

하얀 김을 뿜어내며 산채에 도착한 연합 세력 무사들은 굳은 표정으로 계곡에 진입했다.

수백 구의 시신이 아무렇게나 뒤엉켜 있었다.

대부분 옷자락이 벌어져 있고, 간혹 벌거벗겨진 시신도 보였다. 멀쩡한 옷은 천사교도가 벗겨 간 듯했다.

잠은각의 보고대로 품속의 물건과 무기는 없고, 찬 바람이 불어 대는 계곡에는 시신만 나뒹굴고 있었다.

가끔은 짐승들에게 물어 뜯긴 시신도 있었는데, 그나마 날씨가 춥고 그늘진 곳이어서 시신이 상하지 않은 게 다행이었다.

회룡당 대원들은 간부들의 시신을 먼저 찾고, 무림맹과 천무회 사람들은 자파 간부들의 시신과 친한 사람들의 시신을 함께 추려 냈다.

그렇게 각자가 나름대로의 이유를 가지고 시신을 찾고 있을 때, 북궁천은 종리기진과 함께 시신 한 구를 살펴보았다.

"맞아?"

"분명합니다."

시신은 갈비뼈 사이가 갈라져 있었는데, 정확히 옆구리를 통해서 심장이 뚫린 상태였다.

조금도 비틀어지지 않고 깨끗하게 난 상처. 별다른 저항이 없었다는 뜻이었다.

게다가 이글거리는 분노가 표정에 그대로 남아 있었다.

누구를 위한 분노일까?

천사교를 향한 분노? 아니면 구양우경을 향한 분노?

그 때 시신의 상처를 만져 보던 북궁천이 묘한 것을 발견했다.

"음?"

"왜 그러십니까?"

북궁천은 바로 대답하지 않고 가슴 옷자락을 완전히 벌렸다. 그리고 반쯤 얼어붙은 상처 속으로 손가락을 집어넣었다.

느닷없는 그의 행동에 종리기진이 눈을 크게 떴다.

"대형?"

동시에 사공강후가 의아해하는 말투로 물으며 그들을 향

해 다가왔다.

"무슨 일이오?"

북궁천은 눈을 반쯤 감고 자신이 알아낸 것을 정리했다.

그가 확신을 가질 즈음, 사공강후가 바로 옆에서 걸음을 멈추었다.

사공강후는 시신이 천무회 영호단의 부단주 상은호임을 알아보고 표정이 굳어졌다.

"그 사람은 본 회의 사람이오. 무슨 일인지 말해 줄 수 있겠소?"

북궁천은 한광을 번뜩이며 사공강후를 올려다보았다.

"사공 형이 한번 살펴보시오."

"뭘 말이오?"

"때론 죽은 자도 말을 할 수 있소. 이 사람이 무슨 말을 하는지 한번 맞춰 보란 말이오."

"그걸 왜……?"

"그래야 이 사람의 원혼이 저승에 가서라도 편할 거요."

사공강후는 도무지 알 수 없다는 표정으로 북궁천을 바라보았다.

그러다 뭔가 뜻이 있으니까 그런 말을 했겠지 하면서 상은호의 상흔을 살펴보았다.

"정확히 심장이 뚫린 것 같군요. 조금도 비틀리지 않은 걸 보니 반항할 여지도 없이 당한 것 같소."

그가 눈으로만 상흔을 살펴보자 북궁천이 말했다.

"속까지 자세히 살펴봐야 할 거요. 가슴을 가르면 더 정확히 알 수 있겠지만, 사공 형 정도라면 굳이 살을 가르지 않아도 알아낼 수 있을 거요."

그제야 사공강후는 북궁천이 왜 손가락을 상흔 속으로 넣었는지 알 것 같았다.

그런데 왜 그렇게 사인에 집착하는 걸까?

그는 의아해하면서도 손가락을 상흔 속으로 깊숙이 집어넣었다.

그리고 곧 북궁천이 뭘 말하는지 이해하고 나직이 중얼거렸다.

"심장이 갈기갈기 찢겨졌군."

"검기에 의해서 파열된 것이 아니오."

"아무래도 강력한 내가장력에 당한 같소."

"이상하지 않소?"

"뭐가……?"

무심코 대답하던 사공강후의 표정이 딱딱하게 굳어졌다.

확실히 이상했다.

심장이 뚫려서 죽어 가는 사람에게 왜 또 손을 쓴 걸까?

반항할 여지도 없이 상은호의 심장을 찔러서 죽일 수 있는 고수라면 두 번 손 쓸 필요가 없다는 것을 모를 리 없거늘.

“가슴에 남아 있는 흔적을 잘 보시오. 희미하긴 하지만 못 알아볼 정도는 아니니까.”

그 말에 사공강후와 종리기진이 동시에 시신의 가슴을 자세히 바라보았다.

북궁천의 말대로 검붉은 손자국이 희미하게 보였다.

심장이 뚫리면서 퍼진 울혈로 분간이 잘 안 되지만, 오히려 그 울혈 때문에 자세히 보면 손가락 마디까지 나타나 있었다.

근접거리. 어쩌면 직접적으로 손을 대고 내가장력을 펼친 것 같다. 심장이 뚫려서 죽어 가는 사람에게 말이다.

사공강후는 치를 떨었다.

“정말 악독한 놈들이군. 죽어 가는 사람에게 손을 또 써서 심장을 부수다니!”

“만약 그 욕이 천사교도를 향한 것이라면 방향을 잘못 잡았소.”

사공강후는 이해할 수 없다는 표정을 지으며 곤혹해했다.

“무슨 뜻으로 하는 말이오?”

“그에 대해선 나중에 말해 주리다. 일단은 이곳을 정리하는 일부터 도와주는 게 좋겠소. 기진, 저 시신은 자네가 챙기게.”

“예, 대형.”

종리기진은 기다렸다는 듯 찢어진 옷으로 시신의 가슴을 덮고 두 팔이 덜렁거리지 않게 몸과 함께 묶었다.

몸을 일으킨 사공강후는 북궁천을 뚫어지게 쳐다보았다.

"단 형, 대체 무슨 일인지 말해 주시오."

하지만 북궁천은 무심한 표정으로 할 말만 했다.

"방금 본 시신에 대해선 누구에게도 말하지 마시오. 그리고 저 시신은 도착한 후에 넘겨주겠소."

"그래야 한다면 그렇게 하겠소. 하지만 이유를 알아야……."

"여기서 말이오?"

북궁천은 무저갱처럼 깊은 눈으로 그를 지그시 바라보고는 몸을 돌렸다.

사공강후는 그제야 사람들이 의아한 표정으로 바라보고 있다는 사실을 깨달았다.

'멍청하게 눈과 귀가 사방에 널린 곳에서 비밀스런 이야기를 묻다니.'

자신이 너무 서둘렀다는 것을 안 그는 머쓱한 표정을 지었다.

"그럼 다른 사람부터 도웁시다."

구덩이를 파고 시신을 묻은 연합 세력 무사들은 각자 시신 한 구씩을 둘러메고 계곡을 빠져나왔다.

어느새 석양이 시뻘겋게 타들어 가며 하늘을 핏빛으로 물들이고 있었다.

돌아가는 길은 올 때부터 발걸음이 더 무거웠다. 단순히 시신의 무게 때문만은 아니었다.

수많은 죽음을 본 터라 천사교와 싸워야 한다는 마음의 무게가 어스름과 함께 그들의 어깨를 짓눌렀다.

사공강후가 북궁천에게 다가온 것은 그렇게 오십 리를 달린 후 휴식을 취할 때였다.

북궁천 곁에는 황보청과 종리기진, 태극문의 제자들만 있었다. 언제부턴가 회룡당의 대원들조차 그와 거리를 두었다.

경외감에 다가가는 것이 어렵게 느껴진 면도 있고, 고위급 간부들이 자주 그의 곁으로 다가오다 보니 왠지 모르게 부담감이 느껴진 것이다.

지금 사공강후가 그의 곁으로 오듯이.

사공강후가 다가오자 북궁천 옆에 있던 황보청이 일어나서 자연스럽게 자리를 비켜 주었다.

슬쩍 포권을 취해서 감사를 표한 사공강후는 북궁천 바로 옆에 있는 바위에 앉았다. 그리고 주위를 둘러보며 담담히 입을 열었다.

"천사교 놈들이 정말 상주까지 물러난 것 같소."

"그들이 우리의 공격을 두려워해서 물러났다고 보시오?"

“그런 것은 아닐 거요. 그래도 일단 물러났다는 것은 다행이라 생각하고 있소.”

과연 다행일까?

“대초원의 청랑이 자신보다 큰 말을 사냥할 때 어떻게 하는지 아시오?”

“글쎄요.”

“먼저 말을 최대한 안심시키고 자신이 잘 알고 있는 지형으로 유인을 하오. 그리고 나서 말이 방심할 때, 단숨에 숨통을 물어뜯어서 죽이지요.”

“저번처럼 말이오?”

사공강후는 북궁천이 산채에서의 싸움을 빗대서 말하는 거라 생각했다.

물론 그런 면도 없지 않았다. 하지만 북궁천의 말은 꼭 과거를 뜻하는 것만은 아니었다.

“그런데 묘한 것은 말도 그걸 알면서 매번 방심한다는 거요. 이번에는 절대 방심하지 말아야지 하면서 말이오.”

사공강후는 잠시 입을 다물고 허공을 노려보았다.

그리고 열을 셀 즈음 다시 말문을 열었다.

“충고, 고맙게 받아들이겠소.”

“충고는 무슨…… 그냥 그렇다는 말이오.”

북궁천은 피식 웃고는 하늘을 올려다보았다.

그 어느 때보다 검게 물든 밤하늘에 형형색색의 별들이

떠 있었다.

바위에서 몸을 일으킨 그는 몸을 돌리며 사공강후에게 말했다.

"사공 형, 개울로 가서 시원한 물이나 마시며 답답한 기분을 털어 냅시다."

그러고는 십여 장 떨어진 곳에 있는 개울을 향해 걸음을 옮겼다.

곧 사공강후도 일어나서 그의 뒤를 따라갔다.

황보청과 종리기진, 태극문 제자들은 그곳에 남아서 다른 사람이 그쪽으로 못 가도록 길을 막았다.

북궁천은 살얼음이 언 강물을 손으로 떠서 입을 축였다. 그리고 졸졸 소리를 내는 개울을 바라보며 말했다.

"그 사람은 천사교도에게 죽지 않았소."

흠칫한 사공강후는 북궁천의 옆얼굴을 바라보았다.

산채에서 말을 듣고 어느 정도 짐작했지만 여전히 정확한 뜻은 이해할 수가 없었다.

"그럼 같은 편이 죽이기라도 했단 말이오?"

"그렇소. 그리고 손을 또 써서 심장을 부순 것은, 그가 입을 여는 걸 막기 위해서요."

사공강후는 이를 악물고 잇새로 분노를 씹어뱉었다.

"어느 놈이……! 누구요? 누가 그를 죽인 거요?"

나직이 흘러나오는 그의 으르렁거림에 북궁천은 잠시 대답을 미뤘다.

그리고 그의 분노가 어느 정도 가라앉은 후에야 무심한 어조로 말했다.

"먼저 나와 약조를 해 줘야겠소."

"말해 보시오."

"상대가 누구든, 완벽히 덫에 갇힐 때까지는 일절 모른 척해야 하오."

대체 범인이 누군데 이리도 신중하단 말인가.

사공강후는 상황이 자신의 생각보다 훨씬 더 심각함을 본능적으로 깨닫고 무겁게 고개를 끄덕였다.

"그리 하겠소."

"또한 범인 외에는 누구도 함부로 건드려선 안 되오."

조금은 의아한 요구였다. 하지만 사공강후는 순순히 대답했다.

"내가 원하는 것은 범인이오. 본 회의 부단주를 죽인 것과 아무런 관련이 없는 사람은 건드릴 마음이 없소."

북궁천은 그가 두 가지 조건을 약조한 후에야 범인을 말해 주었다.

"그를 죽인 사람은…… 구양우경이오."

第七章
이상한 소문(所聞)

　시신을 둘러멘 연합 세력 무사들이 철은보에 도착한 것
은 다음 날 아침이었다.

　기다리던 사람들은 분노와 울분에 찬 표정으로 동료와
사형제의 시신을 맞이했다.

　북궁천과 사공강후는 별다른 말도 없이 각자의 일에 열
중했다.

　그리고 그날 저녁, 서평에 갔던 이조량이 돌아왔다.

　어스름이 짙어질 무렵에 도착한 그는 곧장 북궁천을 찾
아왔다.

　북궁천은 연합 세력 무사들이 삼분지 일로 줄어드는 바

람에 구석진 곳에 있는 작은방 하나를 혼자 쓰고 있었다.

자신의 방에서 이조량과 마주 앉은 그는 자신의 진기로 음파를 차단하고서 이야기를 나누었다.

"알아낸 것을 말해 보게."

"광원산장의 외곽에서 사호의 시신을 발견했습니다. 누군가가 땅에 묻어 두었는데 짐승들이 땅을 파헤쳐서 옷자락이 보인 덕에 찾았습니다. 운이 좋았지요."

"사호가 죽었다고?"

"예. 그런데 조금 묘합니다. 화살에 맞고 죽은 게 아니라 검에 찔려서 죽었습니다. 그것도 턱에서 뒤통수까지 뚫렸습니다."

확실히 묘한 죽음이다. 급습을 당하지 않는 이상 그렇게 죽을 수가 없다.

"일호는 보지 못했나?"

"보지 못했습니다."

"려려를 호위하는 자들 중에도 없던가?"

"유심히 지켜보았습니다만 보이지 않았습니다."

북궁천은 이조량의 말을 듣고 잠시 생각을 정리한 질문의 방향을 돌렸다.

"그녀는 괜찮던가?"

"약을 복용한다든가, 의원이 오가는 모습이 보이지 않는 걸 보면 아픈 것 같지는 않았습니다. 다만 힘이 없고 고뇌에

빠진 표정이었는데, 무엇 때문인지 몰라도 정신적으로 무척 힘든 모습처럼 보였습니다."

혹시 자신 때문에 고민을 하는 건 아닐까? 자신이 그녀를 힘들게 만든 것은 아닐까?

아니면 자신이 백리진과 임강령에게 한 말을 구양우경이 듣고 그녀를 힘들게 했을 지도…….

북궁천은 그런 생각을 하면서도 미안함보다는 원망이 더 컸다.

'그러게 나와 함께 그냥 가자니까, 왜 구양우경 옆에 남아 있으려고 하는 거냐?'

한편으로는 그녀가 달라진 자신을 보고 갈등을 겪는 것은 아닐까 하는 기대감도 없지 않았다.

'려려. 네가 원한다면, 완벽한 대협이 될 순 없어도 대협처럼 행동할 수는 있다. 그러니 제발 마음을 돌려라. 구양우경은 너를 행복하게 해 줄 수 없는 놈이니까.'

이조량은 씁쓸함을 안으로 삼키는 북궁천을 바라보더니 넌지시 말했다.

"저, 대형. 궁을 떠나오기 전에 이상한 소문을 들은 것이 있는데, 헌원 소저와 관계가 있는 것인지는 잘 모르겠습니다."

"이상한 소문이라니?"

이조량이 갑자기 얼굴에 홍조를 띠고 말했다.

"궁에서 시비로 일하는 애들 중에 저를 좋아하는 애가 하나 있습니다. 그런데 그 애 말에 의하면, 한두 달에 한 사람씩 시비가 사라져서 영영 나타나지 않았다고 합니다."

이조량은 앳돼 보여서 시비들 사이에 인기가 좋았다.

북궁천도 익히 알고 있는 일이기에 그의 말을 듣고 무의식중에 피식 웃음이 나왔다.

하지만 곧 그런 말을 할 때는 이유가 있으리라 생각하고 신중한 표정으로 물었다.

"그런 소문과 헌원려려를 연관 짓는 이유는?"

"시비들은 그렇게 사라진 애들이 어떤 돈 많은 공자와 눈이 맞아서 도망친 걸로 알았다고 합니다. 사라진 시비의 집에 상당히 많은 돈이 생기곤 했으니까요."

"그런데 그게 아니었다, 그 말인가?"

"예. 사라진 시비 중 하나가 죽은 채로 발견되었다고 합니다. 그것도 아주 처참하게 죽은 모습으로요. 그래서 시비들은 그 다음부터 사라진 시비를 부러워하지 않았다고 하더군요. 혹시라도 죽었을지 모르니까 말입니다."

북궁천은 가슴이 싸해졌다.

이조량의 말을 듣다 보니 조관과 함께 조사했던 두종진의 입에서 나온 말이 떠올랐다.

상자 안의 일지에 적힌 글도.

거기에 한 가지 사실이 겹치자 등골이 서늘해졌다.

‘설마?’

눈빛이 보다 깊어진 그는 일단 자신의 짐작을 눌러놓고 이조량의 말을 끝까지 들어 보았다.

“그게 헌원려려와 무슨 상관이지?”

이조량은 북궁천의 눈을 똑바로 바라보았다.

자신의 말 한 마디가 자칫 큰일을 불러올 수도 있었다. 하지만 어차피 입을 열었으니 하지 않을 수도 없었다.

잠시 망설이던 그는 용기를 내서 말했다.

“그 시비 말로는, 죽거나 사라진 시비들 얼굴이 모두 헌원 소저와 많이 닮았다고 합니다.”

‘빌어먹을!’

북궁천은 가슴속에 들어찬 분노의 응어리가 터지려는 것을 가까스로 참았다.

확실했다.

상자 속 일지에 적혀 있는 몇 가지 까다로운 조건!

그것은 헌원려려의 모습을 표현한 것이었다.

왜 여태 그것을 몰랐을까? 조금만 깊게 생각했어도 알 수 있었을 텐데!

‘바보 같은 놈!’

그는 생각도 못했다. 여자에 대해서 잘 모르는 남자는 아무리 설명해도 알 수 없는 게 여자라는 걸.

이조량을 내보낸 북궁천은 오랫동안 생각에 잠겼다.

당장 헌원려려에게 달려가서 그녀를 데리고 떠나야 하느냐. 아니면 모든 사실을 낱낱이 밝혀서 구양우경을 매장시킨 후 그녀를 데리고 당당히 떠나느냐.

둘 중 하나를 결정해야 했다.

'구양우경이 어떤 놈이란 걸 알려서 려려의 마음을 돌리는 게 가장 좋긴 한데……'

사공강후를 앞세운다 해도 시간이 필요했다.

당장 구양우경을 죽이고 싶은 마음이야 누구보다 그가 더했다.

하지만 완벽한 증거도 없이 급박하게 구양우경을 몰아붙이면 부작용이 생길지 몰랐다. 헌원려려가 오해할지 모르는 것이다.

그렇다고 해서 무작정 그녀를 데리고 떠나는 것도 걸리는 게 많았다.

강제로 그녀의 마음을 돌린다는 게 얼마나 어려운 일인지 누구보다 자신이 잘 아는 것이다.

단 두 가지 생각에서 하나를 결정한다는 게 이만 가지에서 하나를 결정하는 것보다 더 어려웠다.

그렇다고 언제까지 고민만 하고 있을 수도 없는 일.

'일단 놈이 정말 그런 짓을 했는지부터 알아봐야겠어.'

천무회 무사의 죽음과 시비의 죽음에 그가 연관된 게 밝혀지면 그녀도 더 이상 고집을 피우지 못하고 자신을 따라 나서지 않겠는가.

문제는 방법이었다.

나름대로 방법을 생각해 본 그는 밖으로 나가기 위해서 가죽 겉옷을 걸치고 묵혼을 옆구리에 찼다.

그 때 밖에서 자신을 찾는 목소리가 들렸다.

"자네 대형은 안에 있는가?"

"예, 임 대협. 한데 무슨 일로 대형을 찾아오셨습니까?"

경비를 서고 있던 이정한이 그의 말에 대답하며 넌지시 찾아온 이유를 물었다.

"잠깐 얼굴 좀 볼까 하고 왔네."

북궁천은 찾아온 사람이 임강령임을 알고 밖을 향해 말했다.

"정한, 안으로 모셔라."

"예, 대형."

곧 방문이 열리고 임강령이 안으로 들어왔다.

"마침 방에 있었군."

"어쩐 일이십니까?"

"자네를 만나 보고 싶어서 왔지."

"몸은 괜찮으십니까?"

임강령은 쓴웃음을 지었다. 천사교와의 싸움에서 그 역시 상당한 내상과 자잘한 외상을 입었던 터였다.

“거의 다 나았네.”

“단순히 보고 싶어서 온 게 아닌 것 같습니다만.”

“그렇다네. 자네에게 하고 싶은 말도 있고, 물어보고 싶은 것도 있어서 왔지.”

“잠시만 기다리십시오. 차를 데워 드리겠습니다.”

북궁천은 식어 버린 주전자를 한쪽에 있는 화로에 올려 놓았다.

먼저 의자에 앉은 임강령이 그를 바라보며 물었다.

“어디 나가려 했나?”

“잠깐 다녀올 곳이 있습니다.”

“이거 미안하게 됐군. 급한 일이면 내일 이야기 하세.”

“괜찮습니다. 밤새우며 이야기하실 것도 아니지 않습니까?”

“그건 그렇지.”

북궁천은 차가 데워지길 기다리며 맞은편에 앉았다.

“하시고 싶은 말씀 있으시면 해 보시지요.”

“자네 덕분에 포위망이 뚫려서 무사할 수 있었네. 먼저 고맙다는 말을 하고 싶군.”

“별말씀을, 제가 아니었어도 포위망은 뚫렸을 겁니다.”

“대신 더 많은 사람들이 죽었겠지. 상당히 많은 사람들이 말이야.”

그것은 분명한 사실이었다.

북궁천도 그 말에는 토를 달지 않고 어깨만 으쓱했다.

"뭐 그거야 제가 삼성궁의 무사로서 당연히 해야 할 일을 한 것이니 고마워하실 것까진 없습니다."

"사실 자네가 말단 무사로 있지 않았다면 저들이 자네를 주시했을 것이야. 그럼 상황이 달라졌을지도 모르네. 그걸 생각하면 운이 좋았다고 볼 수 있지."

"그렇긴 하죠. 아, 잠시만 기다리십시오. 차가 다 데워졌나 봅니다."

북궁천은 담담히 말하며 자리에서 일어나 주전자를 가져왔다.

먼저 임강령의 잔에 김이 나는 차를 한 잔 따라 주고 자신의 잔에도 따른 다음 앉았다.

그 때 임강령이 불쑥 물었다.

"자네 이름이 정말 단화린인가?"

북궁천은 잔을 잡아 가며 담담히 대답했다.

"그렇습니다."

"나는 강호인들의 이름을 누구보다 많이 알고 있다네. 과거의 직업이 버릇이 되어서 이름을 아주 많이 외웠지. 그런데 기억을 아무리 더듬어 봐도 단화린이라는 이름이 안 떠오르지 뭔가. 자네 같은 고수라면 모를 리가 없을 텐데 말이야."

"강호초출까지 다 알지는 못하실 것 아닙니까?"

"산채에 들어갔을 때, 회룡당과 함께 바깥쪽에 남았을 때는 뭔가 의심을 했기 때문이겠지?"

"어느 정도는 그랬지요."

"그것도 그렇고, 계곡에서 적의 후방을 공격한 것도 그렇고, 강호초출은 아무리 천재라 해도 자네처럼 침착하게 대세까지 보지는 못한다네."

"저를 너무 높게 보시는군요."

북궁천이 담담히 웃으며 대답하자, 임강령은 들고 있던 찻잔을 내려놓고 그를 뚫어지게 바라보았다.

그리고 심장에 검을 꽂듯이 확신에 찬 목소리로 말했다.

"한 세력의 패주라면 높게 봐도 되지 않겠나?"

북궁천은 차로 입술을 적신 후 느긋하게 되물었다.

"왜 그런 생각을 하신 겁니까?"

"젊은 사람 중 자네 정도의 고수는 열 명이 채 안 된다네. 그것도 내가 자네를 낮게 봤을 때의 이야기지. 더구나 관 형은 자넬 태행산 줄기의 북쪽에서 만났다고 하더군. 장성 가까운 곳에서. 거기다 서문 소저와 같은 고향이라고 했지 않은가? 그 말을 종합해 보니 문득 한 사람이 떠올랐다네. 그리고 며칠 전…… 자네가 펼친 가공할 위력의 무공을 보는 행운까지 얻었지."

끝내 북천명왕공이 문제가 된 것 같다. 그보다는 임강령의 해박한 강호 지식이 더 문제였겠지만.

쓴웃음을 지은 북궁천은 임강령을 지그시 응시했다.

입가에 매달려 있던 쓴웃음이 서서히 사라지고, 그의 전신에 서릿발처럼 차가운 위엄이 서렸다.

"저를 막다른 골목으로 모시는군요."

임강령은 자신의 추측이 사실로 드러나자 가슴이 두근거리고 움켜쥔 손이 잘게 떨렸다.

"역시…… 내 생각이 맞았군."

"저는 임 대협을 존중합니다. 그 마음이 변치 않게 해 주셨으면 합니다."

"북천의 주인이 왜, 왜 만 리 떨어진 여기까지 왔는가?"

"아시지 않습니까?"

임강령은 입을 반쯤 벌리고 북궁천을 직시했다.

"그럼…… 진짜로 그녀 때문에……?"

"천하보다 더 값진 것이 있다는 것을 얼마 전에 깨달았지요."

북궁천의 말이 진심이란 걸 느낀 임강령은 할 말을 잊었다.

세상에! 북천의 주인이 사랑을 쫓아서 만 리를 떠나오다니!

그것도 남의 여자가 되려는 여자를 못 잊어서 그 곁에 있다니!

감탄과 어이없음이 뒤섞인 탄성이 자신도 모르게 흘러나

왔다.

"허어······."

북궁천은 그의 마음을 짐작하고 나직이 물었다.

"누구를 좋아해 보신 적 있습니까?"

없었다. 그래서 예전에 혼인을 했지만 부인과 자식을 놔 둔 채 혼자서 살아가고 있지 않은가.

"누군가를 목숨과 바꿀 만큼 좋아해 보지 못했다면, 임 대협은 제 마음을 평할 자격이 없습니다."

임강령의 그토록 강인해 보이던 어깨가 축 처졌다.

그는 가문에서 정해 준 대로 혼인을 했다.

그런 사랑을 해 본 적도 없었다.

그런데 그 말을 대 놓고 들으니 왠지 처량한 마음마저 들었다.

"부정하지는 않겠네."

"좌우간 일이 이렇게 되었으니, 임 대협께서 약속을 하나 해 주셔야겠습니다."

"무슨 약속 말인가?"

"지금 이 방에서 나눈 대화는 누구에게도 하지 마십시오. 목에 칼이 박혀도."

"약속을 하지 않으면 죽일 것 같군."

임강령이 어깨를 으쓱하며 농담하듯이 말하자, 북궁천이 입술을 묘하게 비틀었다.

"눈치가 빠르시군요."

"그럼 별수 없지. 아직은 죽고 싶지 않으니 약속하는 수밖에. 신의 하나는 소문난 사람이니 믿어도 될 거네."

"고맙습니다."

"나야말로 목숨을 살려 줬으니 고맙다고 해야겠지."

"저 그렇게 무지막지한 사람 아닙니다."

임강령은 많이 진정된 눈빛으로 북궁천을 바라보았다.

눈앞에 북천마제가 있었다. 북천의 제왕이!

'크다. 너무 커. 내가 잴 수 없을 정도야.'

가만? 그런데 북궁천과 내기 비무를 하자고 하지 않았던가?

조건은 그때 가서 정하고 말이다.

'빌어먹을!'

그의 얼굴이 묘하게 구겨질 때였다.

북궁천이 그의 두 눈을 직시하고 말했다.

"저도 임 대협께 한 가지 드리고 싶은 말이 있습니다."

제풀에 흠칫 놀란 임강령은 겨우 입술을 떼서 대답했다.

"음? 말해 보게."

"이곳에 천사교도가 있다고 보십니까?"

"있을지도 모르지."

"저는 있을지도 모르는 게 아니라 있다고 봅니다만."

"그렇게 단정하는 이유는 뭔가?"

"양고명은 첨예하게 대립한 상태인데도 자신의 정체를 드러내면서까지 려려를 납치하려 했습니다. 임 대협이 보시기에는 그녀가 이번 싸움의 승패보다 더 가치 있다고 보십니까?"

"삼성궁 소궁주의 약혼녀이니 가치가 적다곤 할 수 없겠지. 하지만 솔직히 말해서 그 정도는 아니네."

"그런데도 양고명은 서슴없이 그녀를 납치했습니다. 그렇다면 이곳에 그 대신 임무를 수행할 또 다른 누군가가 있기 때문에 그런 것 아니겠습니까?"

그럴 법한 말이다.

임강령은 염포사신이라 불렸던 사람답게 북궁천의 말을 바로 알아들었다.

"음, 자네 생각이 옳은 것 같네."

"어떻습니까, 그자들을 잡아 볼 생각이 없습니까?"

임강령의 눈빛이 묘하게 반짝였다.

누군가를 잡는다는 것. 그것도 천사교의 간자를 잡는 일이라면 무척 즐거울 것 같았다.

"그것도 괜찮겠군. 아니, 있다면 반드시 잡아내야겠지."

북궁천은 자신의 생각대로 임강령이 흥미를 보이자 짐을 하나 덜어 낸 기분이었다.

그리고 그에게 더 말하고 싶은 게 있었지만, 그 일에 대해선 나중에 하기로 했다.

　임강령이 아무리 믿을 수 있는 사람이라 해도 구양우경과 관련된 말을 하기에는 아직 위험했다.

　'지금은 심증뿐이다. 좀 더 확실한 증거가 나온 후에 해도 늦지 않아.'

　그 때 임강령이 자리에서 일어났다. 비무 이야기가 나오기 전에 가는 것이 나을 것 같았다.

　"내가 너무 시간을 뺏은 것 같군."

　"별말씀을. 조금 전에 한 약속만 잊지 마십시오."

　"물론이네."

　임강령은 고개를 끄덕이고 방문 쪽으로 몸을 돌렸다.

　그리고 방을 나서려다가 멈칫하더니 고개를 반쯤 돌리고 말했다.

　"일전에…… 대협에 관해서 했던 말. 정말 그녀가 그리 말했나?"

　"그렇습니다. 그런데 대협이 된다는 게 쉬운 일이 아니군요."

　"내가 보기에 자넨 대협의 자질이 농후하네. 힘을 내시게."

　임강령은 묘한 미소를 지으며 그렇게 말하고는 방문을 열었다.

　북궁천은 찻잔을 단숨에 비운 후 그가 나간 방문을 보며 히죽 웃었다.

"정말 괜찮은 사람이란 말이야. 사람 보는 눈이 있어."

＊　　＊　　＊

차가운 밤바람이 불어 대는 겨울 날. 상남의 동서로 뻗은 대로 입구에 한 사람이 들어섰다.

위에 밤색 가죽 겉옷을 걸치고, 옆구리에 빛을 삼켜 버릴 것 같은 묵빛 검을 찬 청년.

천광호에게 알아볼 것이 있다는 말만 남기고 철은보를 나선 북궁천이었다.

상남은 큰 도읍은 아니지만 사방으로 길이 뻗은 요충지여서 겨울밤인데도 제법 활기찬 분위기였다.

그는 밤거리를 구경 나온 사람처럼 상남의 길거리를 이곳저곳 돌아다녔다.

'무사들은 없군.'

연합 세력의 무사들이 술을 마시기 위해서 나왔을 수도 있었다.

그런데 밤바람이 차서 그런지, 아니면 마음이 아직 불안해서 여유가 없는지 아무도 보이지 않았다.

그는 자연스럽게 좌우를 둘러보고는 골목 안으로 발길을 옮겼다. 그리고 골목 안쪽에 있어서 사람들의 발길이 뜸한 기루로 들어갔다.

"호호호호, 어서 오세요, 무사님!"

진한 화장을 한 삼십 대 여인이 날듯이 달려오며 그를 반겼다.

바짝 기대 붙은 그녀는 북궁천의 얼굴을 힐끔거리더니 그의 팔을 꽉 붙잡았다. 절대 놓치지 않겠다는 듯.

처음으로 기루에 와 본 북궁천은 들어오자마자 후회가 되었다.

'정한이나 청 아우를 데리고 올 걸 그랬나?'

하지만 이제 와서 후회한들 무슨 소용이랴.

그는 헛기침을 하며 짐짓 풍류 공자인 것처럼 행동했다.

"험, 안으로 안내하쇼."

"호호호, 따라오세요."

기녀는 북궁천을 끌고 안으로 들어갔다.

누가 보면 따라가는 게 아니라 기녀에게 끌려가는 것처럼 보였다.

안내된 방은 화려했다. 게다가 무엇을 뿌렸는지 코끝이 찡할 정도로 진한 향기가 가득했다.

"호호호, 잠시만 기다리세요. 곧 술과 아주 예쁜 아이를 넣어 드리겠습니다요."

여인은 머쓱하니 서 있는 북궁천에게 눈웃음을 치며 말했다.

이십 년간 기녀로 산 여인답게 북궁천이 기루 출입의 초짜라는 걸 단번에 알아본 것이다.

북궁천은 기녀가 나간 뒤에야 마음을 가라앉히고 방 안을 둘러보았다.

들어올 때는 미처 몰랐는데, 낯이 화끈 거릴 정도로 묘한 장면이 벽 여기저기에 그려져 있었다.

누워 있는 그림, 서 있는 그림, 앉아 있는 그림…….

공통점은 남녀가 반드시 함께 그려져 있다는 것과 옷을 반쯤 벗고 있다는 것이었다.

'제길, 역시 혼자 오는 게 아니었는데…….'

그 때 문이 열리고 한 여인이 사뿐거리며 다가왔다.

"많이 기다리셨죠?"

흠칫한 북궁천은 고개를 돌리며 대답했다.

"아, 아니요. 조금 전에 왔소."

여인은 싱긋 웃으며 그의 맞은편에 앉았다.

잘해야 스물이나 먹었을까?

얼굴은 미인이라 할 수 없지만, 하얀 피부와 큰 눈이 돋보이는 여인이었다.

"소녀는 선이라고 해요."

이름을 밝히며 고개를 숙이는데 가슴 굴곡이 그대로 드러났다. 가녀린 몸매에 비해서 풍만한 가슴 사이의 계곡은 무척이나 깊었다.

북궁천은 슬그머니 눈을 돌리며 물었다.

"이곳의 주인은 어떤 사람이오?"

"주인 언니는 왜요?"

"물어볼 게 하나 있어서 그렇소."

"일단 술부터 한잔하세요. 그럼 제가 모시고 올 게요."

선이라는 기녀가 싱긋 웃으면서 그 말을 함과 동시, 방문이 열리고 술과 요리가 들어왔다.

들어온 지 얼마 되지도 않았는데 벌써 요리가 나오다니.

미리 만들어 놓은 것이 아니라면 말도 안 되는 소리였다.

하지만 북궁천은 그에 대해서 따지지 않았다. 어차피 목적은 술과 요리가 아니니까.

그는 술과 요리를 가져온 점소이가 밖으로 나간 후에야 선이라는 여인에게 나직이 말했다.

"당신이 주인을 만나게 해 준다면 술값과 별개로 은자 한 냥을 주겠소."

선이라는 여인의 큰 눈이 황소 눈처럼 커졌다.

이게 웬 떡이냐는 마음이 눈 속에서 그대로 드러났다.

"정말요?"

"물론 정말이오."

은자 한 냥의 힘은 예상했던 것보다 더 컸다.

선이라는 기녀는 북궁천에게 술을 한 잔 따라 주고는 사뿐사뿐 날듯이 걸어서 밖으로 나갔다.

북궁천은 술을 살짝 입술에 대 보고 그대로 내려놓았다.

'향기만 진하지 싸구려 술이군.'

잠시 후.

삼십 대 중반 정도로 보이는 여인과 함께 들어왔다.

그녀는 웃음이 얼굴에 그대로 굳어 있는 것 같은 표정으로 그에게 다가왔다.

"호호호호, 천녀가 매병루의 주인이랍니다. 잘생긴 무사님께서 무슨 일로 저를 찾으셨나요?"

"먼저 저 여인을 내보내고 이야기를 합시다."

매병루주는 눈짓을 해서 선이라는 여인을 내보냈다.

"나가 있어."

선이라는 여인은 몹시 불만인 듯 북궁천을 향해 입술을 삐죽 내밀고는 엉덩이를 세차게 흔들며 방을 나갔다.

매병루주는 그녀가 나가자 슬그머니 자리를 이동해서 북궁천의 옆자리에 앉았다.

그리고 색기가 일렁이는 눈으로 북궁천을 지그시 바라보며 말했다.

"뭐든 말씀해 보세요. 저희 집은 손님이 원하는 것은 뭐든 다 해 드린답니다. 아이들을 다 벗기고 마셔도 되지요. 물론 운우지락도 가능하고요. 원하신다면 두 아이를 함

께 넣어 드릴 수도 있고, 저처럼 나이 먹은 여자와 어린아이
도……."

말하는 사이 그녀의 몸이 북궁천의 바로 옆까지 바짝 다
가왔다.

그녀의 가슴은 선이라는 여인보다 훨씬 커서 앞섬이 터질
것 같았다.

게다가 몸에 뿌린 향수가 어찌나 진한지 코가 먹먹할 지
경이었다.

북궁천은 슬쩍 엉덩이를 옮기면서 그녀의 입을 막았다.

"아아, 그런 것 때문에 온 것이 아니오. 내가 당신을 찾은
것은 거래를 할 것이 있기 때문이오."

"거래라니요? 무슨 거래를? 혹시 괜찮은 여자아이라
도…… 그런 거라면 직접 데려와 보셔야 합니다, 무사님."

"여자를 팔려고 그러는 게 아니오."

"어머, 그럼 사시려고요?"

손님이 뜸한 이유를 알 것 같다.

주인이 이렇게 엉뚱한 소리를 해 대니 어떤 손님이 좋아
할까?

슬슬 짜증이 난 북궁천은 매병루주를 빤히 바라보았다.

"팔려는 것도, 사려는 것도 아니오."

"그럼 무슨 거래를……?"

"내가 원하는 조건을 갖춘 여자를 하나 찾아 주시오."

“그러니까 결국 사시겠다는 것 아닌가요?”

“사는 게 아니라, 찾아 달란 말이오. 기녀든, 누구든 상관 없이.”

매병루주는 고개를 모로 꼬며 수상하다는 눈빛으로 그를 흘겨보았다.

“뭐 하시려고……?”

“그건 당신이 알 것 없소. 닷새 안에 내가 원하는 여인을 찾아 주면 은자 백 냥을 내겠소.”

은자 백 냥이라는 말에 매병루주의 눈빛이 반짝반짝 빛을 발했다.

“오호호호호, 무사님이 뭘 아시는군요. 그런 일이라면 상남에서 저를 따라올 사람이 없답니다. 말씀해 보세요. 양귀비나 서시를 닮은 여자를 찾으라고 해도 찾을 수 있으니까요.”

시들은 양귀비나 찾을 수 있을까? 아니면 쭈그렁 할멈이 된 서시 정도?

북궁천은 일어나서 다른 곳으로 가고 싶은 걸 꾹 참고 자신이 원하는 조건을 말했다.

잠시 후, 계약금으로 은자 이십 냥을 내고 매병루를 나온 북궁천은 숨을 크게 들이쉬었다.

‘후우, 여자들은 왜 저렇게 독한 향을 뿌리는지 모르겠

군.'

고개를 절레절레 저은 그는 골목을 나서 대로로 들어섰다.

지나가던 사람들이 조소를 지으며 그를 힐끔거렸다. 그가 매병루에서 수상한 짓이라도 하고 나온 것처럼 생각하는 눈빛이었다.

북궁천은 미처 모르고 있지만, 매병루는 술만 파는 일반적인 홍루가 아니었던 것이다.

어쨌든 상남에 나온 목적을 달성한 그는 철은보로 가기 위해 대로를 따라 걸었다.

그런데 그가 막 상남을 벗어나기 직전이었다. 허름한 건물 사이의 좁고 어두운 공간에서 불쑥 손이 튀어나왔다.

뒤이어 쥐어짠 목소리가 머리까지 뒤집어쓴 거적 속에서 흘러나왔다.

"자, 잠깐만……."

아무래도 자신을 부르는 것 같다.

걸음을 멈춘 북궁천은 건물 사이의 공간에서 기어 나오는 괴인을 바라보았다.

"나를 부른 거요?"

"그, 그렇…… 잠시 내 말 좀……."

거적을 쓴 채 자신을 향해서 혼신의 힘을 다해 기어 오는 그를 보고 북궁천은 측은한 생각이 들었다.

품속의 주머니에서 한 냥짜리 은자를 꺼낸 그는 기어 오
는 자를 향해 던졌다.

은자는 정확히 그자의 손 위에 떨어졌다.

"그걸로 뭐라도 사 드시오."

거적을 쓴 자는 손에 맞고 코앞에 떨어진 은자를 보고 툴
툴거리며 웃었다.

"크, 크, 크, 그, 그게 아니……."

북궁천은 괴이한 표정으로 그를 바라보았다.

거지처럼 보이는 자가 은자를 잡을 생각도 하지 않다니.

게다가 저 참담함이 느껴지는 웃음은 또 뭐란 말인가.

"나에게 따로 볼일이 있소?"

거적은 쓴 자는 힘겹게 고개를 들었다.

"나요…… 장호…… 문."

*　　　*　　　*

허름한 객잔의 방안에 장호문을 눕힌 북궁천은 장호문이
걸친 거적을 벗겼다.

옷이 말라붙은 피로 범벅되어 있었다.

그가 찢어 내듯이 옷을 마저 벗기자 썩어 가는 상처가 드
러났다.

누런 고름이 가득 찬 상처는 장호문이 아직까지 살아 있

다는 게 불가사의할 정도로 악화되어 있었다.

그 와중에도 장호문은 덜덜 떨면서 입을 열었다. 마치 지금이 아니면 영원히 말을 할 수 없는 사람처럼.

"이틀을…… 기다렸소. 회룡당 사람 중…… 누군가가 지나갈 거라…… 생각하고……."

북궁천은 그에게 진기를 주입하며 말을 하도록 가만 놔두었다.

장호문은 내부가 썩어 가고 있었다. 극한의 정신력으로 버티고 있긴 하지만 당장 숨을 거둔다 해도 이상할 것이 하나도 없는 상태였다.

"조관은…… 내가…… 죽였소. 그런데 소궁주가…… 내 의제를 시켜서…… 나를…… 그는 명화회…… 그들…… 악독한…… 짓……."

그의 목소리가 잦아들자, 북궁천은 급히 세 곳의 혈도를 찍었다.

혈도를 찍힌 충격에 죽음이 조금 더 앞당겨질 것이다.

하지만 어차피 죽음을 앞둔 자다. 잠깐이나마 정신을 차릴 수 있다면 한 마디라도 더 들을 수 있을 것이다.

장호문은 기침을 하며 시커멓게 썩은 피를 토해 냈다.

북궁천은 한 마디라도 더 듣기 위해서 그의 몸에 공력을 더 강하게 주입하며 다급히 물었다.

"명화회라 했나? 어떤 자들의 모임이지? 그들도 구양우경처럼 여자를 처참하게 죽였나?”

장호문의 꺼져가던 눈빛이 파르르 떨렸다.

“어, 어떻게 그걸……?”

“역시 사실이었군. 명화회에 대해서 말해 봐라. 어떤 자들이 포함되어 있지?”

“며, 명화회는…… 당신이 건드릴 수 없는…….”

“흥! 천하에 내가 건드리지 못할 자는 없다. 삼성궁주 구양환이라 해도 내가 마음먹으면 죽는다. 그러니 아무 걱정 말고 말해 봐라.”

장호문은 죽어 가는 중에도 어이없는 눈빛으로 북궁천을 바라보았다.

그 순간 북궁천의 전음이 그의 고막을 울렸다.

장호문은 튀어나올 것처럼 커진 눈으로 몸을 덜덜 떨었다.

“서, 설마…… 다, 당신이…… 북천……?”

그러다 즐거워 미치겠다는 듯 웃었다.

“크, 크크, 크크크크. 구양…… 우경. 너의…… 운도…… 끝이구……나.”

북궁천은 장호문의 목숨이 다해 감을 느끼고 그의 몸에 더욱 강한 기운을 불어 넣었다.

“장호문, 내 말에 답해라! 어떤 자들이 명화회에 속해 있느냐? 구양우경의 죄를 밝힐 수 있는 증거가 있으면 말해 봐라!"

　장호문은 그의 말을 듣지 못한 듯 몸을 덜덜 떨면서 계속 자신의 감정만 터트렸다.

　"네놈 때문에…… 의제를 잃었다. 구양우경…… 지옥에서…… 보자……."

　"말해! 어서! 누구지?"

　우엑!

　더 견디지 못하고 시커먼 피를 한 움큼 토해 낸 장호문은 흐릿해진 눈을 들었다.

　"그, 그 일은…… 은천…… 령주가…… 주도…… 선우…… 도 그중……."

　툭.

　목소리를 쥐어 짜내던 그의 머리가 힘없이 떨어졌다.

　북궁천은 그에게서 손을 떼고 얼음 구슬처럼 차가운 눈으로 내려다봤다.

　좀 더 많은 말을 듣지 못한 것이 아쉬웠지만, 이 정도를 들은 것만 해도 천운이라 할 수 있었다.

　'구양우경, 곧 네놈의 추악한 면모를 세상에 모두 드러내 주마!'

第八章
계약(契約)

눈이 쏟아질 것처럼 하늘이 짙은 회색빛으로 물든 정오
무렵, 삼성궁과 천무회의 지원 무사들이 속속 철은보에 도
착했다.

서평에 남았던 무사들도 모두 함께 왔는데, 그중에는 헌
원려려도 있었다. 구양우경이 떠나지 않는 대신 아예 그녀를
데려온 것이다.

북궁천은 그녀가 왔다는 말을 듣고 이를 지그시 악물었
다.

'려려, 곧 그놈의 진면목을 보게 될 거다.'

하루가 더 지나자 무림맹 무사들마저 합류했다.

무사의 수가 다시 일천을 넘어가자, 연합 세력 무사들의 긴장이 완전히 풀어졌다.

그러나 무사가 충분히 보충되었음에도 수뇌부는 날이 풀어질 때까지 움직임을 자제하기로 결정했다.

겨울이 깊어 가는 시기. 천사교가 제아무리 제정신이 아니라 해도 당장 공격하진 않을 터. 일단 철은보를 확고히 지키면서 천사교에 대응하는 게 현재로선 최선책이라는 의견이 지배적이었다.

북궁천으로서도 수뇌부의 그런 결정은 바라던 바였다.

천사교와 전쟁을 벌이면 그들을 따라 움직여야 할지 모르는데 당분간은 그럴 필요가 없는 것이다.

구양우경과 헌원려려가 함께 지내는 것을 봐야 한다는 것이 화가 날 뿐.

그렇게 천사교와 혈전을 벌인 지 칠 일이 흘렀을 때였다.

눈보라가 기승을 부리며 겨울이 절정으로 치닫던 그날, 백검맹의 정예 무사 일백 명이 철은보에 도착했다.

그들 중에는 뜻밖의 사람이 섞여 있었다.

황보청이 그들을 데리고 북궁천을 찾아온 것은 점심 무렵이었다.

"대형, 접니다! 들어가도 되겠습니까?"

　북궁천은 황보청의 밝은 목소리를 듣고 방문을 열었다.

　밖에는 생각지도 못한 두 사람이 황보청과 함께 서 있었다.

　다름 아닌 유원당과 조관수였다.

　"잘 있었나?"

　유원당이 빙그레 웃으며 인사를 건넸다.

　북궁천도 밝은 표정으로 포권을 취했다.

　"저야 잘 지냈지요. 그런데 이곳에는 어쩐 일이십니까?"

　"하하하, 나도 명색이 강호의 사람이네. 천사교의 악독함을 전해 듣고 가만히 있을 수가 없어서 나섰지."

　"유 소저가 걱정을 많이 하겠군요."

　"걱정은 무슨? 그 애는 내가 간다고 하니까 애비의 안전은 안중에도 없고 저 덩치만 크고 머리가 빈 놈을 부탁하더군. 자식은 크면 다 소용없다니까."

　황보청은 입을 헤벌린 채 웃으며 머리를 긁적였다.

　"그게 정말입니까요?"

　"흥, 대신 내 손가락 하나만 다쳐도 네놈을 다신 쳐다보지 않겠다고 하더군."

　"걱정 마십시오, 어르신! 제가 옆에 바짝 붙어서 지켜 드리겠습니다."

　유원당은 못 미더운 표정으로 황보청을 흘겨보고는 고개를 돌렸다.

"그런데 조 대협이 자네를 알더군. 그래서 함께 왔네만, 설마 문전박대하는 건 아니겠지?"

그제야 조관수가 입을 열었다.

"오랜만이네."

"백검맹에서도 무사들이 왔다는 말을 듣고 혹시나 했는데, 역시 조 장로님도 오셨군요."

"허허허, 우리 역시 하남이 터전인데 천사교를 막아야 하지 않겠나?"

"안으로 들어가시지요. 맛없는 차지만 따뜻하게 해서 드시면 마실 만할 겁니다."

유원당은 천사교와의 싸움에 대해서 자세히 듣더니 경악을 감추지 못했다.

"허어, 천사교의 악독함에 대해서 소문을 듣긴 했네만 그 정도일 줄은 몰랐군."

"그들은 일반적인 상식으로 생각할 수 있는 자들이 아닙니다. 그래서 더 위험한 자들이지요."

"맞아. 자네 말대로라면 정말 위험한 자들이군. 저번 싸움이 양패구상으로 끝난 것만도 다행이야."

유원당이 침중한 표정으로 고개를 끄덕이자, 황보청이 참지 못하고 한마디 하며 나섰다.

"그게 다 대형 덕분이죠. 대형이 아니었으면, 솔직히 말해서 그날 거의 다 죽었을 겁니다. 절대지경의 고수 몇 명은 살았을지 몰라도."

"으음, 그 정도로 심각했나?"

"말도 마십쇼. 그러니까……."

황보청이 기회가 왔다는 듯 그 당시의 일을 실감나게 설명했다.

북궁천은 굳이 말리지 않았다. 사실을 확실히 알아야 나중에 대처할 수 있을 테니까.

더구나 그가 본 유원당은 위효릉보다 더 뛰어난 사람이었다.

군사로서의 재능은 어떨지 몰라도 천사교와의 싸움에서 상당한 능력을 발휘할 게 분명했다.

황보청의 말을 다 듣고 난 유원당은 한동안 입을 다물고 생각에 잠겼다.

그리고 미지근해진 차로 입술을 적신 후 말문을 열었다.

"마음이 독하면서도 냉정하게 머리를 쓰는 자가 있다고 봐야겠군."

북궁천은 그에게 처음으로 소존에 대한 자신의 평가를 말했다.

"당시의 일을 주도한 사람은 소존이었을 겁니다. 그는 유원주의 말씀대로 독하고 냉정하지요. 게다가 여우처럼 머리도 잘 씁니다."

“천사지존이 아닌 소존이라…… 그거 참, 점입가경이군.”

“천사지존이 그보다 더 뛰어날 거라 생각하십니까?”

“당연한 말이 아닌가? 천사지존은 석 냥의 머리 하나로 무림맹을 와해시킨 자네. 만약 단풍의 산채에서 소존이 아닌 천사지존이 일을 주도했다면, 아마 아무도 살아남지 못했을 거야. 그러면 만에 하나의 예외까지도 생각하고 계획을 세웠을 테니까.”

북궁천도 그제야 가슴이 섬뜩했다.

“유 원주께선 그가 어떻게 나올 거라고 보십니까?”

“하하하, 이제 막 도착한 사람에게 너무 많은 것을 바라는구먼.”

“뛰어난 사람은 언제 어디서든 능력을 발휘하는 법이지요. 유 원주시라면 나름대로 생각을 하시고 오셨을 것 같습니다만.”

유원당은 웃음을 지우고 북궁천을 빤히 바라보았다.

“자네…… 이제 보니 진짜 무서운 사람이구먼.”

“그렇게 보입니까?”

북궁천은 어깨를 으쓱하며 쓴웃음을 지었다.

그 때 유원당이 머리를 조금 앞으로 내밀며 나직이 말했다.

“나이 든 사람을 쉴 틈도 주지 않고 부려 먹으려고 하다니. 너무한다는 생각이 들지 않나?”

"쉬면 녹스는 것은 관절만이 아니지요. 머리도 굴릴수록 잘 돌아간다지 않습니까?"

"이거, 내가 사람을 잘못 봤군. 정말 독한 친구에게 걸렸어."

"알고 보면 저도 그렇게 독한 사람은 아닙니다. 정말 독했으면 여기에 있지도 않았을 겁니다."

헌원려려가 아무리 거부해도 데리고 도망쳤지.

유원당은 피식 웃으며 몸을 세웠다.

"하긴 죽을 자리인 줄도 모르고 찾아온 내가 잘못이지, 누굴 원망하겠나?"

"청 아우가 지켜 준다고 하니 걱정 마십시오."

"쿵, 저놈을 어떻게 믿어? 좌우간 말이 나온 김에 한 마디만 하겠네. 내 능력은 그것밖에 안 되니까."

"경청하겠습니다."

"천하제일의 장사도 몸에 병이 들면 힘을 못 쓰는 법이네. 병부터 고쳐야 힘을 제대로 쓸 수 있지."

북궁천의 두 눈 깊은 곳에서 한광이 번뜩였다.

과연 자신의 기대를 저버리지 않는다.

이제 막 도착한 사람이 가장 큰 문제점을 거침없이 짚는다.

"병을 고칠 방법은 있겠습니까?"

"종기를 어떻게 치료하는 줄 아나? 빨리 곪게 만들어서 한 번에 짜낸다네. 그래야 크게 번지지 않고 치료가 되지. 하지만 어설프게 건들거나, 짜내는 게 두려워 그냥 놔두면 속으로 파고들어서 치료하기가 더 힘들어지지. 빨리 곪게 만드는 방법은 자네가 생각해 보게.”

＊　　　＊　　　＊

북궁천은 유원당과 조관수가 방을 나간 후 한 시진 동안 생각을 정리하고 방에서 나왔다.

종기를 빨리 곪게 만드는 방법을 찾는 것은 어렵지 않았다. 종기만 치료해서 끝날 상황이 아니라는 게 문제지.

자신이 원하는 것은 종기도 치료하고, 사악한 놈을 지옥의 똥통에 처박아 버리고, 행복을 얻어서 북천으로 돌아가는 것이다.

방을 나선 그는 잠은각 좌령주 천종원이 있는 곳으로 발걸음을 옮겼다.

잠은각 무사들은 우령주 곽조승이 사망하는 바람에 삼성궁에서 달려온 좌령주 천종원이 지휘하고 있었다.

잠은각주 천유문이 천종원을 앞세워서 두종진과 연관된 사건을 은밀히 조사했다는 것은 나름대로 어떤 확신이 있었다는 뜻.

또한 구양우경이 그 일에 관련되었다는 것을 알고도 조

사한 것이라면, 감추기보다 밝히기 위함이었을 것이다.

치부가 드러나면 삼성궁이 적잖은 피해를 입을 텐데도 굳이 밝히려 하는 이유는 무엇일까?

북궁천은 복잡하게 생각하지 않았다.

삼성궁은 오랜 세월 검신가가 주도해 왔다. 구양우경은 후계자이고. 그가 심각한 타격을 받는다면 삼성궁의 주도 세력이 바뀔 수도 있다.

'결국은 나름대로의 욕심이겠지.'

그렇다면 타협점을 찾을 수 있을지 몰랐다.

거처를 벗어난 북궁천이 작은 연못이 있는 정원을 돌아갈 때쯤, 멈췄던 눈이 다시 떨어지기 시작했다.

그는 눈이 반가웠다.

눈이 오면 천사교가 움직이지 않을 테니까. 그만큼 더 많은 시간을 헌원려려와 한 울타리 안에서 지낼 수 있을 테니까.

'봄이 될 때까지 매일 눈이나 잔뜩 왔으면 좋겠군.'

그는 엉뚱한 바람을 안고 잠은각 무사들이 있는 건물로 다가갔다.

경비를 서던 잠은각 무사가 가늘게 뜬 눈으로 그를 쳐다 보며 앞을 막아섰다.

"무슨 일로 왔소?"

“령주를 뵙고자 하오.”

“령주님을?”

잠은각 무사는 재빨리 북궁천을 살펴보았다.

키가 크고 떡 벌어진 어깨, 당당한 태도로 봐서는 평범한 자가 아닌 듯 보였다.

그러데 걸친 옷은 회룡당 일반 무사의 복장이 아닌가?

‘대주도 아니고 일반 무사잖아?’

나중에 합류해서 북궁천을 알지 못하는 그는 목에 힘을 주고 턱을 쳐들었다.

잠은각의 좌령주가 아무 때나 만날 수 있는 분인 줄 아나? 감히 회룡당의 말단 무사 따위가 말이야.

그는 그런 마음을 확연히 드러내며 물었다.

“령주님은 왜 만나려는 거요?”

“할 이야기가 있어서 만나려는 거요.”

“할 이야기가 뭐요? 어디 나한테 먼저 말해 보쇼. 합당하면 령주님께 말씀드려 보겠소.”

“령주만이 판단하실 수 있는 말이오. 그러니 귀하에게는 말할 수가 없소.”

기분이 상한 듯 잠은각 무사의 눈매가 틀어졌다.

“그럼 나중에 다시 오쇼. 령주께선 지금 바쁘시니까.”

그래도 한 수가 있는 것처럼 보여서 막말은 피했다.

‘자식, 몸은 제법 괜찮군.’

　북궁천은 잠은각 무사의 마음을 짐작했지만 소란을 피하기 위해서 다그치지 않고 조용조용히 말했다.

　"일단 안에 기별이라도 해 보시오."

　"아, 글쎄. 지금은 안 된다니까?"

　잠은각 무사는 짜증나는 표정을 지으며 손을 휘휘 저었다.

　그 때 건물에서 누군가가 밖으로 나왔다.

　"무슨 일인데 시끄럽게……."

　심드렁한 말투로 투덜거리던 그는 북궁천을 보고 눈이 휘둥그레졌다.

　그때까지도 상황 파악을 못한 잠은각 무사는 북궁천을 째려보며 말했다.

　"이자는 령주님을 아무 때나 만날 수 있는 분으로 아나 봅니다. 다음에 오라고 했더니 자꾸 만나게 해 달라고 떼를 쓰지 뭡니까?"

　건물에서 나온 자는 뛰듯이 달려오더니 잠은각 무사의 뒷덜미를 움켜쥐고서 뒤로 확 잡아챘다.

　"비켜, 이 사람아!"

　"어어어? 왜 이러시는 겁니까, 조장님?"

　새로 나타난 자는 그를 쳐다보지도 않고 급히 북궁천을 향해 포권을 취했다.

　"죄송합니다, 단 공. 저 미친놈이 한 말은 잊으십시오. 날씨가 춥다 보니 간덩이가 땡땡 얼어 버렸나 봅니다. 그런데 령주님은 무슨 일로……?”

“할 이야기가 있어서 만나려는 거요.”

“아, 예. 그럼 저를 따라오십시오.”

잠은각 우령주 휘하 이조장인 모우태는 두말하지 않고 몸을 돌렸다.

그러고는 눈알만 굴리는 애물단지 수하를 죽일 듯이 노려보았다.

‘나중에 보자, 이가충.’

천종원은 안으로 들어서는 북궁천을 바라보며 이채를 번뜩였다.

이전에 두종진의 일로 한 번 본 적이 있었다. 하지만 그때와 지금의 단화린은 존재의 의미가 천양지차였다. 잠은각 좌령주인 그조차 말을 조심해야 할 정도로.

“그래, 무슨 일로 찾아오셨소?”

“한 가지 물어볼 게 있어서 왔소.”

“말해 보시오. 듣고 난 다음에 대답을 할 수 있는 것인지 판단하도록 하겠소.”

“두종진이 얽힌 사건에 대해서 지금도 관심이 있는지 알고 싶소만.”

평소 변화가 거의 없는 천종원의 표정이 급격하게 굳어지고, 말투도 나직하고 딱딱하게 흘러나왔다.

"왜 그걸 알고 싶은 것이오?"

"이유가 없다면 여기까지 와서 묻지도 않았을 거요. 대답해 보시오. 관심이 있소, 없소?"

북궁천은 은근한 어조로 천종원을 압박했다.

천종원은 정보를 취급하는 사람답게 북궁천의 말투에서 뭔가 큰 건수가 있음을 눈치채고 침을 삼켰다.

"그 말씀은…… 중요한 정보를 가지고 있다는 말처럼 들리는데……."

"나는 말을 돌리는 걸 좋아하지 않소. 관심이 없다면 그만 가 보겠소."

북궁천은 조금도 급할 것 없다는 듯 담담히 말하고 몸을 돌렸다.

"아아, 잠깐 기다리시오."

천종원은 급히 그를 붙잡았다. 그리고 못 이기는 척 돌아선 북궁천의 두 눈을 뚫어지게 바라보며 말했다.

"솔직히 말해서 관심이 많소. 그런데 나를 찾아와 그 말을 할 때는 원하는 게 있을 것 같은데, 그대도 솔직하게 말해 보시오."

천종원이 더 이상 말을 돌리지 않자, 북궁천도 단도직입적으로 말했다.

"서로 원하는 것을 취합시다."

“무슨 말이오?”

“당신들은 당신들이 원하는 것을, 나는 내가 원하는 것을. 그럼 공평할 것 같소만.”

전이었다면 콧방귀를 뀌었을 것이다.

그러나 지금은 콧방귀는커녕 숨도 크게 쉴 수가 없었다.

잠시 머리를 굴리며 북궁천의 말을 음미해 본 그는 조심스럽게 입을 열었다.

“원하는 것이 뭔지 말해 줄 수 있소?”

“지금은 말할 수 없소. 단, 내가 원하는 것은 삼성궁과 별개라는 것만 알고 있으면 되오.”

천종원은 가슴이 세차게 뛰었다.

자신들이 알아내지 못한 깊은 내막을 알아낸 것 같았다. 심지어 자신들의 목적까지도 파악한 듯했다.

그 대가로 삼성궁과 상관없는 것을 원한다면 자신들로선 하등 손해 볼 것이 없다는 말.

그는 내심 안도하며 담담히 말했다.

“일단 각주께 말씀드려 보겠소.”

“각주께서 귀하에게 모든 것을 일임한 것 같은데, 내가 잘못 생각한 거요?”

“그래도 허락은 받아야 하지 않겠소? 사흘이면 되니······.”

“령주는 시간 아까운 줄 모르시는군. 사흘이면 천하의 향방이 갈리고도 남소."

하루가 십 년 같은 그였다. 하루 일찍 구양우경에게서 헌원려를 되찾을 수 있다면 천하를 뒤집어 버릴 수도 있었다.

북궁천은 무심한 눈으로 천종원을 보며 결정을 내리듯 말했다.

"보고를 하는 건 상관없지만, 일의 추진을 늦출 순 없소."

천종원은 북궁천의 눈빛을 보고 자신의 생각을 포기했다.

"좋소. 그럼 그렇게 하는 걸로 하겠소. 이제 말해 보시오. 뭘 알고 있는지."

*   *   *

호연유는 보고를 받고 눈을 치켜떴다.

"그놈이 서문려려를 뺏어 갈 때 검왕, 고검과 함께 왔던 놈이란 말이오?"

"그렇습니다, 소존."

"그런데 회룡당의 일반 무사라고? 그걸 지금 말이라고 하시오?"

"현재까지 알아낸 바로는 분명합니다."

호연유는 어이가 없어서 혈사령을 다그쳤다.

"그러니까, 회룡당의 일개 무사가 일검으로 흑사령과 귀사령을 죽였다? 그걸 지금 말이라고 하는 거요!"

"그 점이 이상하긴 한데, 그래도 그가 회룡당의 무사인 것은 분명……."

픽!

"크윽!"

호연유가 신경질적으로 휘두른 일장에 혈사령의 몸이 떼굴떼굴 굴렀다.

"겉으로 드러난 신분이 아닌 실질적인 정체를 알아 오란 말이오! 필요하면 놈들 속에 있는 십이호교령이라도 동원하시오!"

급히 몸을 추스른 혈사령은 무릎을 꿇고 고개를 숙였다.

"이미 호교육령에게 사람을 보냈습니다, 소존. 곧 놈의 정체가 밝혀질 것입니다."

"호교육령만으로는 힘들지 모르오. 호교이령도 그곳에 있소?"

혈사령이 움찔하며 고개를 들었다.

"그렇습니다, 소존. 하오나 호교이령은 지존의 명이 있어야……."

순간, 호연유의 눈빛이 새파랗게 번들거렸다.

혈사령은 급히 말을 돌렸다.

"소존께서 원하신다면 언제라도 연락하겠습니다. 그들은 감히 소존의 명을 거역하지 못할 것입니다."

"혈사령, 나는 그대를 내 사람으로 보고 있소. 무슨 말인지 알겠소?"

"제가 어찌 모르겠습니까."

"그럼 확실하게 행동하시오. 지존은 지존이고, 나는 나요. 그대는 내가 내리는 명령만 따르면 되는 거요."

"각골명심하겠습니다, 소존."

"좋소. 오늘은 이쯤에서 용서해 주겠소. 그럼 최대한 빨리 그놈의 정체를 확실하게 알아내도록 하시오. 그놈과 가까운 사람들은 알지도 모르는 일. 수단과 방법을 가리지 마시오."

"명대로 하겠습니다, 소존!"

호연유는 혈사령이 나간 방문을 노려보았다.

악연이라면 악연이다.

그놈이 서문려려를 뺏어 간 놈이라니.

그 계집만 납치했으면 구양우경을 완벽하게 움켜쥘 수 있었거늘!

두 번에 걸쳐서 자신의 계획을 방해한 그놈의 가슴을 갈라 심장을 꺼내 씹어 먹고 싶었다.

으드득!

부서지도록 이를 간 그는 숨을 깊게 들이쉬었다. 허공을 노려보는 그의 두 눈에서 새파란 눈빛이 일렁였다.

이름은 단화린. 친한 사람은 같은 회룡당에 있는 무사 몇 명. 그리고 황보세가의 황보청과 종리기진 정도.

그 외에 검왕과 고검이 그와 친숙하게 지내긴 해도 함께 서문려려 구출에 나선 인연 이상으로 특별하게 보이진 않는다고 했다.

'놈이 정체를 숨기고 삼성궁에 들어가 있다는 건 그만한 이유가 있다는 소리야. 분명 뭔가 있어. 그걸 알아내기만 하면 놈을 옭아맬 수 있을 것 같은데……'

*　　　*　　　*

'놈을 옭아매려면 완벽해야 돼. 서두르지 말자, 북궁천. 시간은 아직 많으니까.'

북궁천은 급해지려는 마음을 다스렸다.

하루에도 몇 번씩 헌원려려를 만나서 구양우경이 얼마나 나쁜 놈인지 알려 주고 싶었다.

일단 헌원려려를 빼돌려 놓고 구양우경의 정체를 밝히는 것도 생각해 봤다.

하지만 자칫하면 놈에게 빠져나갈 구멍을 줄지 모른다.

'그건 안 돼! 절대 안 돼!'

의자에서 일어난 그는 방을 나섰다.

때마침 약봉지를 들고 가던 동호량이 고개를 돌려 그를 바라보았다.

"아, 대형. 마침 잘됐습니다."

"뭐가 말이냐?"

동호량이 일단 대답을 미루고 다가오더니 넌지시 말했다.

"이 약, 구양 공자께 가져가는 겁니다."

"그래?"

동호량은 묘한 웃음을 지으며 약을 내밀었다.

북궁천은 순순히 받아 들었다.

그저 대형의 마음을 헤아려 주는 아우가 고맙기만 했다.

각양각색의 사람들이 모여들다 보니 마치 무사들의 전시장 같았다.

특히 무림맹에 속한 소림파, 아미파의 승려와 무당파, 청성파, 화산파, 종남파 등 도문의 도인들로 인해 더욱 다양하게 느껴졌다.

그 바람에 북궁천 한 사람이 그들 사이를 걸어도 신경 쓰는 사람이 많지 않았다. 전부터 있었던 사람들만이 가끔 그를 알아볼 뿐.

그들 중 일부는 그때를 떠올리며 경탄의 눈빛으로 쳐다보기도 했고, 일부는 슬쩍 눈인사라도 했다. 그리고 일부는 궁금함이 가득한 눈으로 그가 걸어가는 모습을 지켜보았다.

하지만 북궁천은 그들의 반응에 일일이 신경 쓸 정신이 없었다.

구양우경의 거처가 코앞이었다. 헌원려려가 있는 곳.

그는 담담함을 유지하며 구양우경과 헌원려려가 머물고 있는 별원으로 들어갔다.

세 채의 건물로 이루어진 별원은 방이 모두 일곱 개였다.

구양우경과 헌원려려가 하나씩 사용하고, 나머지 방에는 삼성궁의 고위 간부 십여 명이 머물렀다.

밀려드는 사람이 많다 보니 광원산장보다 훨씬 넓은 철은보도 비좁아서 상남의 객잔 세 곳을 통째로 얻은 상황. 구양우경이 소궁주라 해도 전처럼 여유 있게 쓸 수가 없었다.

북궁천이 구양우경과 헌원려려의 거처가 있는 건물로 다가가자, 수룡위사대원 하나가 굳은 표정으로 물었다.

"무슨 일로 왔습니까?"

현재 철은보에서 가장 유명한 이름을 꼽으라면 단연 '단화린'이었다.

단순히 이름만 유명한 것이 아니었다. 실력을 따져도 다섯 손가락 안에 들 거라는 게 일반적인 평이었다.

수룡위사대도 그걸 알기에 조심스러울 수밖에 없었다.

북궁천은 손에 든 약을 들어 보였다.

"약을 전해 주러 왔소."

"제가 전해 드리지요."

"아니요. 내가 직접 전해 주었으면 하오. 약에 대해서 설명을 해야 하니까."

수룡위사대원이 망설이고 있는데 방문이 열렸다.

방문을 연 구양우경은 이마를 찌푸린 채 북궁천을 바라보았다.

목소리를 듣고 혹시나 해서 나와 봤는데 역시나 단화린이다.

저놈이 왜 직접 온 걸까?

"무슨 약인데 설명까지 해야 한단 말인가?"

"약이 두 가지라서 순서대로 복용해야 한다고 했소."

"그래? 그럼 순서를 말해 보게나."

북궁천은 두 가지 약을 하나하나 들어 올리며 말했다.

"먼저 이걸 복용하고, 그 다음 이쪽 것을 복용해야 하오."

그게 다야? 겨우 그것까지고 직접 알려 주겠다고 한 거야?

그런 표정으로 북궁천을 노려본 구양우경이 쌀쌀맞게 축객령을 내렸다.

"알았으니 약을 수룡위사대에게 맡기고 그만 가 보게."

"서평에 머물던 소저가 오셨다던데, 몸은 괜찮으시오?"

"자네는 신경 쓰지 않아도 되네."

목소리가 싸늘하게 가라앉은 구양우경의 두 눈에서 은은한 청광이 일렁였다.

그 때 헌원려려의 방문이 열리고 맑은 목소리가 들렸다.

"저는 괜찮으니 그만 가 보세요."

북궁천은 고개를 돌려서 그녀를 바라보았다.

평온해 보였다. 낯빛이 조금 창백한 것처럼 보이긴 하지만 큰 이상은 없는 듯했다.

그는 심어전성으로 입술하나 움직이지 않고 전음을 보냈다.

─려려, 지금이라도 나와 함께 가고 싶다면 말해라.

헌원려려는 담담히 웃으며 말했다.

"서평에 있을 때 열이 조금 있었는데, 지금은 많이 나아서 아무런 이상이 없어요."

그럴 마음이 없다는 말.

그녀의 말 속에 숨은 뜻을 짐작한 북궁천은 가까스로 감정을 억제하며 말했다.

"다행이군요."

─나에게 조금만 기회를 줘라. 내가 구양우경의 껍질 속에 숨어 있는 사악함을 밝혀낼 거다. 그때까지 절대 마음을 줘선 안 된다. 알았지?

헌원려려의 귓속으로 대답과 전음이 동시에 스며들었다.

그녀는 동문서답하듯 엉뚱한 말을 하며 몸을 움츠렸다.

"날씨만 풀리면 밖에도 다닐 수 있을 텐데, 그 때까지 기다리려니 답답하네요."

순간, 그녀의 말을 들은 북궁천은 묘한 기분을 느꼈다.

기다리려니 답답하다고 했다. 날씨만 풀리면 밖에 다닐 수 있다고도 했다.

문제가 뭔지는 몰라도 해결만 된다면 자신을 받아들일 수도 있다는 말처럼 들렸다.

무엇이 그녀와 구양우경 사이에 틈을 만든 것일까.

그런 마음이면 당장 떠나면 될 것을 왜 그러지 못하는 것일까.

'혹시 저놈이 좋아서가 아니라, 피치 못할 사정이 있어서……?'

그럴 가능성도 얼마든지 있다. 저 사악한 놈이 무슨 짓을 못할까.

구양우경은 두 사람이 대화를 나누는 것에 짜증과 분노가 치밀었다.

그가 평소와 달리 자신의 마음을 감추지 못하고 냉랭히 말했다.

"그만 가 보게. 려매도 괜찮다고 하지 않나?"

가슴이 후끈 달아오른 북궁천은 그쯤에서 물러났다.

"알겠소, 소궁주. 그럼 저는 이만 가 보지요. 소저, 저도 날씨가 빨리 풀리길 바라겠소이다."

북궁천이 별원을 나가자 구양우경이 헌원려려를 향해 고개를 돌렸다.

그는 지금까지 한 번도 드러내지 않았던 차가운 눈빛으로 그녀를 바라보며 나직이 말했다.

"려매, 날씨가 차니 안으로 들어가서 쉬시오. 그리고 앞으로는 이런 사소한 일에 나오지 마시구려."

"알았어요, 소궁주."

헌원려려는 담담한 웃음을 지은 채 방안으로 들어갔다.

그러고는 문을 닫은 후, 떨리는 걸음을 억지로 옮겨서 침상으로 갔다.

무너지듯이 털썩 주저앉은 그녀의 몸이 사시나무처럼 떨렸다.

그녀도 능숙하진 못하지만 전음을 할 줄 알았다. 전음으로 자신의 마음을 좀 더 솔직하게 말하고 싶었다.

그러나 구양우경이 한시도 눈을 떼지 않아서 전음 대신 자신의 마음을 비유해서 말했다.

'그가 알아들었을까?'

갑자기 가슴이 미어졌다.

결국은 외면했던 그에게 자신을 부탁하고 말았다.

철저히 이기적이고 위선에 가득 찬 여자. 그게 자신이다.

대협을 운운할 자격도 안 되는 여자.

그런 자신 때문에 만 리를 달려온 북궁천을 생각하니 가슴이 터질 것 같았다.

털썩.

꼬꾸라지듯이 침상에 엎드린 그녀의 눈에서 눈물이 샘솟듯이 흘러나왔다.

'참아야 하는데…… 진아를 위해서라도 참아야 하는데…….'

그러고 싶었다. 아무리 힘들어도 참을 생각이었다.

아기만 건강해지고 무사하다면 자신이야 어떻게 돼도 좋다고 생각했다.

그런데 며칠 전 구양우경의 눈빛을 본 후로 마음이 흔들렸다.

결코 정상적인 눈빛이 아니었다.

기괴한 광기가 서린 눈빛. 너무나 위험한 눈빛이었다.

잘못하면 자신뿐만이 아니라 진아에게도 영향이 미칠 것 같았다.

그것만큼은 절대로 안 되는 일이었다.

*　　　*　　　*

그날 밤.

북궁천은 상남으로 나가 매병루를 찾아갔다.

골목으로 들어가는데 한숨이 절로 나왔다.

'앞으로 이런 일은 동생들에게 맡겨야지.'

그가 안으로 들어가자, 전에 봤던 삼십 대 여인이 날듯이 달려와서 찰싹 달라붙었다.

"호호호, 이제 자주 오시네? 그날 좋았나 봐요?"

북궁천은 차마 인상은 쓰지 못하고 짐짓 무뚝뚝한 어조로 말했다.

"잔소리 말고 방으로 안내하쇼."

"저를 따라오세요."

여인은 그의 팔을 잡고 힘껏 잡아당겼다.

그녀의 눈빛에서 이번에는 반드시 잡아먹겠다는 결의가 느껴졌다.

하지만 그녀의 결의는 이 층으로 향하는 계단 앞에서 수포로 돌아갔다.

"어마, 오셨네요? 호호호호."

매병루주가 이 층에서 내려오고 있었다.

잠시 후.

북궁천은 싸구려 술과 요리를 앞에 두고 매병루주와 마주 앉았다.

"천녀가 닷새 동안 상남을 샅샅이 뒤져서 끝내 찾아냈지 뭐예요."

자신의 노력을 알아달라는 듯 자랑스럽게 말한 매병루주는 입술을 최대한 오므린 채 웃으면서 눈웃음을 쳤다.

북궁천은 그녀가 못 미더웠지만 어차피 맡긴 이상 확인은 해 볼 생각이었다.

"쓸데없는 소리 그만하고, 그녀가 어디에 사는지 말해 보시오."

매병루주는 자신의 살인적인 교소가 통하지 않자 시큰둥한 표정으로 말했다.

"이름은 소동동이고, 서쪽 대로 끝에 있는 당화점의 주인이에요. 이제 열아홉 살에 불과한데, 제 아비가 죽는 바람에 점포를 이어받았죠. 그 아이라면 무사님이 원하는 바를 모두 갖췄을 거예요."

매병루주의 하는 행동으로 봐서는 모두가 아니라 한두 가지만 갖춰도 다행일 것 같았다.

"내가 직접 확인해 보겠소. 잔금은 확인 후에 줄 것이니 그리 아시오."

"아이, 무사님. 그래도 일단 삼십 냥이라도 주셔야지요. 그 아이만 꿀꺽하면 당화점을 통째로 얻을 수 있을 텐데……."

북궁천은 더 이상 참지 못하고 매병루주를 노려보았다.

"지금 나를 모욕하겠다는 거요?"

"아니, 그게 아니라……."

"확인하고 올 때까지 기다리시오. 마음에 들면 나머지 잔금을 다 줄 테니까. 대신, 전에도 말했다시피 다른 사람에게 오늘의 일을 말하면 모든 걸 잃게 될 거요."

"아, 알았습니다요."

북궁천은 바짝 움츠린 매병루주를 지그시 바라보고 몸을 돌렸다.

'진즉 이렇게 할 걸.'

그렇게 그가 시원한 표정으로 나간 후, 매병루주는 찰랑거리는 술잔을 목구멍 안으로 단숨에 털어 넣고 아쉬움을 달랬다.

"크으으."

'쳇, 얼굴이 반반하고 몸이 좋아 보여서 한번 맛 좀 볼까 했더니. 뭐? 모든 걸 잃어? 내가 그깟 말에 눈 하나 꿈쩍할 줄 알고? 남자 새끼가 여자 겁이나 주고……'

화류계 이십 년은 그냥 누워서 대충 지낸 세월이 아니다. 풋내 나는 무사 정도는 손가락 하나로 요리할 수 있었다.

'어디 돈만 안 줘 봐라? 초 오라버니에게 말해서 거기만 놔두고 두 다리를 그냥 확!'

*　　　　*　　　　*

매병루주가 다리를 잘랐다 붙였다하며 술잔을 기울이는 동안, 북궁천은 어둠이 짙게 깔린 대로를 따라서 당화점을 찾아갔다.

당화점은 당과와 아이들이 먹는 과자를 파는 작은 가게였다. 그런데 밤이 깊어서인지 문을 닫은 상태였다.

점포 앞을 그냥 지나친 그는 슬쩍 주위를 둘러보았다.

그리고 보는 사람이 없다는 것이 확인된 순간, 그의 신형이 대로에서 사라졌다.

지붕을 바람 소리도 내지 않고 단숨에 넘어간 북궁천은 처마에 몸을 숨기고 안쪽을 살펴보았다.

작은 마당을 사이에 두고 점포와 방 두 개로 이루어진 건물이 마주보고 있었는데, 두 방 중 하나에 불이 켜져 있었다.

그리고 안에서 낮은 숨소리가 들렸다.

남자가 아닌 여인의 숨소리. 육십이 다 된 노인과 둘이 산다고 했으니 그 방에 소동동이 있다는 말이었다.

북궁천은 그 방의 처마 밑으로 자리를 옮겨서 문틈으로 안쪽을 바라보았다. 그러다 흠칫 놀라서 재빨리 눈을 뗐다.

하지만 곧 주위를 둘러보고는 다시 틈에 눈을 갖다 댔다.

소동동이 옷을 벗고 있었다.

'벗은 몸을 보면 더 확실히 알 수 있겠지.'

매병루주에게는 벗은 몸에 대해서 말하지 않았다. 살결에 대한 말은 했지만.

그래도 어쨌든 벗은 몸을 보면 자신이 원하는 살결인지 보다 확실히 알 수 있을 터. 그의 생각도 잘못된 것만은 아니었다.

'정말 부드럽게 생긴 살결이군. 려려와 비슷하겠어.'

일단 살결은 합격이었다. 그래도 어딘가에 흠이 있을지 모른다고 생각하며 조금 더 살펴보았다.

그 때 소동동이 몸을 돌렸다.

'헉!'

*　　　　*　　　　*

매병루주를 찾아간 북궁천은 순순히 팔십 냥을 줬다.

"약속대로 팔십 냥이오."

술을 얼마나 마셨는지 얼굴이 벌게진 매병루주는 돈을 깊디깊은 가슴골 사이에 대충 구겨 넣고 북궁천의 다리 사이를 노려보았다.

기분이 이상해진 북궁천은 더 이상 그곳에 있고 싶지 않았다.

"약속한 대로 다른 사람에게 절대로 말하지 마시오."

매병루주는 물기가 촉촉한 눈을 들어 북궁천을 올려다봤

다.

"걱정 말아요. 무사님과 이 밤을 함께 보냈다는 말을 다른 사람에게 절대로 말하지 않을 게요. 그러니 어서…… 으응……."

북궁천은 뒤도 돌아보지 않고 방을 나왔다.

세상에 자신이 이길 수 없는 여인이 꼭 헌원려려만 있는 것은 아니었다.

매병루를 나온 북궁천은 다시 당화점을 찾아갔다. 그리고 문을 두드렸다.

다른 사람들은 모르겠지만, 그가 두드리는 소리는 밖에서보다 안에서 열 배는 더 크게 울렸다.

얼마 지나지 않아서 등불이 문틈 사이로 새어 나오는가 싶더니 늙수그레한 목소리가 들렸다.

"누구쇼?"

"뭐 좀 사러 왔소."

"지금은 밤이 늦어서 팔지 않수."

"우리 대원들이 먹을 거라 양이 조금 많이 필요하오."

안이 잠시 조용해졌다. 많이 산다니까 갈등이 생긴 모양이었다.

그 때 여자의 맑고 고운 목소리가 들렸다.

"열어 드려요."

“아가씨, 밤에 문을 여는 건……."

“어차피 나쁜 마음을 먹었다면 저런 문이 무슨 소용 있겠어요.”

소동동의 당찬 목소리를 들은 북궁천은 그녀의 말에 감탄했다. 자신이 대원이라 한 말을 듣고 무사임을 눈치챈 듯했다.

그리고 조금도 겁먹은 목소리가 아니었다.

삐이익.

문이 열리고, 헌원려려와 얼굴형은 조금 다르지만 분위기가 제법 비슷한 여인이 모습을 드러냈다. 소동동이었다.

“들어오세요.”

안으로 들어간 북궁천은 그녀를 조금 더 살펴보았다. 문틈으로 살펴보긴 했지만 가까이에서 살펴보는 느낌은 또 달랐다.

‘매병루주가 자신할 만하군. 얼굴은 빼어나게 아름답지 않아도 뭔가 묘한 아름다움이 있는 여자야.’

소동동은 눈빛 한 점 흔들리지 않고 그를 대했다.

“얼마나 사실 생각이신가요?”

“이것저것 합쳐서 백 명이 넉넉하게 먹을 양을 살까 하오.”

“그 정도 사시려면 은자 열 냥은 주셔야 돼요. 요즘 재료 가격이 올라서 그 이하로는 팔 수가 없어요. 그리고 지금 당장은 안 돼요. 남은 게 얼마 없어서 지금부터 만들더라도 한 시진은 더 걸릴 거예요. 그러니 선불을 주시고 나중에 오세요."

"어차피 당장 필요한 것이 아니오. 오늘밤은 쉬고 내일 아침에 만들어서 미시쯤 철은보로 가져오시오."

"철은보로요?"

"그렇소. 맛이 좋으면 또 시킬 거요."

소동동의 얼굴이 환하게 밝아졌다.

맛은 자신 있었다. 그런데 재료 가격이 올라서 값을 올리다 보니 판매가 신통치 않았다.

사실 그 바람에 외상으로 산 재료값을 주지 못해서 이대로 한두 달만 지나면 점포가 넘어갈 판이었다.

그런데 철은보에서 많은 양을 사간다면, 서너 번만 팔아도 당장 외상값을 갚을 수 있을 듯했다.

"알았어요. 맛은 최고로 해서 만들어 드릴게요. 감사합니다!"

그녀의 밝은 표정을 멍하니 바라보던 북궁천은 그녀가 꾸벅 허리를 숙이며 고마워하자 번뜩 정신을 차렸다.

"험, 그럼 일단 은자 열 냥을 선불로 주겠소. 그리고 내일 철은보로 가서 사람들에게 골고루 나눠 주고, 누가 추운데 고생하는 사람을 위해 선심을 베풀었다고 하시오. 나에 대해선 절대 말하지 말고."

소동동의 눈이 동그래졌다.

"어머, 정말요?"

"그렇소. 그리고 반드시 아가씨가 가서 나누어 줘야 하오. 그래야 젊은 무사들이 좋아할 테니까."

북궁천의 말에 소동동이 쑥스러운 표정을 지었다.

하지만 열흘 벌어야 할 돈을 하룻밤 만에 번 것이 즐거워서 다른 생각할 겨를이 없었다.

"알았습니다. 그렇게 할 게요."

"그럼 부탁하겠소."

북궁천은 그녀에게 미안한 마음이 들었다. 하지만 마음을 다잡고 돌아섰다.

'너에게는 해가 가치 않도록 해 주마.'

第九章

당과소녀(糖菓少女) 소동동

소동동이 철은보에 나타난 것은 무사들이 점심을 먹고 휴식을 취할 때였다.

보따리를 메고 철은보에 도착한 그녀는 정문의 위사들에게 당과를 하나씩 쥐어 주고 싱긋 웃으며 안으로 들어갔다.

"어어, 소저. 안 된다니까!"

정문을 지키던 삼성궁의 구검당 무사가 손짓을 하며 그녀를 불렀다.

하지만 그녀는 깊게 파인 보조개를 드러내며 빙그레 웃었다.

"수고하는 분께 드리려고 그러는 거라니까요. 이거 나눠 드리고 곧 나올 게요. 설마 제가 무서워서 그런 것은 아니죠? 정 못 믿겠으면 저를 따라다니세요.”

그 때 동호량이 정문 쪽으로 다가가며 말했다.

“제가 그 소저를 따라다니면서 감시하죠. 소저, 일단 하나 줘 보시오. 독이 있나 없나 확인해 봐야겠소.”

소동동은 동호량을 흘겨보며 당과를 건네고는 당차게 말했다.

“만약 거기에 독이 들었으면 제 목을 쳐도 좋아요.”

동호량은 하나를 받아서 먹어 보고 입맛을 다셨다.

“독은 없는 것 같군. 하나 더 줘 보쇼.”

“다른 분도 드셔야 되니 안 돼요!”

“그러지 말고 하나만 더 주쇼. 입맛만 버렸잖소?”

소동동은 마지못한 표정으로 하나 더 건넸다.

동호량은 당과를 입에 넣고 고갯짓으로 안을 가리켰다.

“갑시다.”

정문 위사는 그 광경을 보고는 피식 웃고 말았다.

동호량은 소동동이 건네준 당과를 입에 물고 그녀를 졸졸 따라다녔다.

점심을 먹고 휴식을 취하던 무사들은 난데없이 나타나 당과를 나누어 주는 소동동을 보며 재미있어 했다.

그들 역시 처음에는 독이라도 들어 있지 않나 하는 마음에 주저했다. 하지만 독에 정통한 당가의 장로 당소철이 안심해도 된다고 하자 하나둘씩 슬쩍 손을 내밀었다.

"하나씩만 가져가세요. 다른 분도 잡숴야죠."

소동동은 더 달라고 해도 매몰차게 손을 저었다.

승려도 도인도, 수염이 허연 장로급 간부들도 그녀가 건네준 당과를 마지못한 표정으로 받으면서 가벼운 웃음을 지었다.

"거, 맛이 괜찮구먼."

"낙양에서 사 먹던 것보다 낫소이다. 허허허."

평소에도 이렇게 팔리면 얼마나 좋을까? 그럼 단숨에 빚을 갚고 돈도 많이 벌 수 있을 텐데.

소동동은 아쉬움과 즐거움을 동시에 느끼며 당과를 나누어 주었다. 보따리에 들었던 당과가 빠르게 줄어들더니, 안쪽에 있던 사람들까지 무슨 일인가 싶어 나왔을 때는 모두 떨어져 버렸다.

"내일 또 갖다 드릴 게요! 오늘은 떨어졌어요!"

그녀는 환한 표정으로 말하고는 보따리를 탈탈 털어 보였다. 내일도 가져오려면 그 사람이 와서 돈을 줘야 하는데, 온다는 보장은 아직 없었다.

그래도 사람들이 즐거워하며 먹는 걸 보니 가능성이 반은 넘을 듯했다.

제발 그랬으면……

그녀는 보따리를 둘둘 말아서 허리에 두르고 꾸벅 허리를
숙였다.

"안녕히 계세요!"

멀리서 소동동이 당과를 나누어 주는 모습을 본 북궁천은
희미한 미소를 지었다. 예상보다 사람들이 더 좋아하는 것 같
다. 원래 목적은 그런 것이 아니었지만, 어쨌든 분위기가 밝아
져서 나쁠 것은 없었다.

그날 밤. 그는 종리기진을 당화점으로 보냈다. 그리고 이번
에는 은자 열다섯 냥 어치의 당과를 주문했다.

*　　　*　　　*

다음 날 오후.

구양우경은 바깥쪽에서 소란스런 소리가 들리자 의아한
표정을 지었다.

"무슨 일이지?"

천사교가 공격해 왔다면 간부들을 불렀을 터. 그런 것은
아닌 듯했다. 게다가 소란스럽긴 해도 왠지 밝은 목소리였다.

"가서 무슨 일인지 알아보고 와라."

궁금함을 참지 못한 그는 수룽위사대원을 임시로 지휘하
는 운평을 보내 사실을 알아보라고 했다.

일각도 지나지 않아서 운평이 당과 하나를 들고 돌아왔다.

"그게 뭔가?"

"당과입니다, 소궁주. 상남에서 당과 가게를 하는 소저가 추운 날씨에 상남을 지키느라 애쓴다며 당과를 나눠 주고 있습니다."

처음에는 의아해하던 구양우경이 눈살을 찌푸리며 말했다.

"당과를? 천사교가 당과에다 수작을 부리면 어쩌려고 함부로 받아먹는단 말이냐?"

"어제부터 나누어 줬는데, 독에 정통한 분들이 아무런 해도 없는 것이라 했다 합니다. 아마 오늘도 확인을 했을 것입니다."

"그거 참, 영문을 알 수 없군. 난데없이 당과라니. 그런데 여자가 나누어 준다고?"

"예, 소궁주. 얼굴이 깨끗한 데다 인상이 착하게 생긴 소저인데, 아주 밝은 성격 같았습니다."

"그래?"

구양우경은 그 말을 듣고 바깥쪽으로 시선을 돌렸다.

운평이 그에게 들으라는 듯 몇 마디 덧붙였다.

"솔직히 당과를 팔기에는 아까워 보일 정도입니다. 아직 스물이 안 된 것 같은데, 험한 일을 한다고 보기에는 믿어지지 않을 정도로 피부가 깨끗한 여자였습니다."

순간적으로 구양우경의 눈빛에 열기가 피어올랐다.

"그대가 그렇게 말하는 걸 보니 궁금해지는군. 지금도 있느냐?"

"제가 나갔을 때 당과가 다 떨어진 상황이었습니다. 가면서 내일 다시 온다고 했으니 궁금하시면 내일 보시지요."

북궁천은 당과가 다 떨어지기 직전에 수룡위사대원이 나타난 걸 보고 싸늘한 미소를 지었다.

'생각보다 빨리 반응을 보이는군.'

구양우경이 직접 나타나진 않았지만 말은 전해질 터. 제대로 전하기만 한다면 내일쯤은 그가 직접 움직일 것 같다.

그는 수룡위사대원이 별원으로 들어가는 걸 보며 돌아섰다.

그 때 청색 도복을 입고 등에는 송문검을 멘 젊은 도인이 그를 향해 다가오며 물었다.

"혹시 시주가 회룡당의 단화린이란 분 아니오?"

"그렇소만."

북궁천의 일 장 앞에 선 젊은 도인은 지나치지도 모자라지도 않은 태도로 포권을 취했다.

"빈도는 무당의 명우라 하오. 소문을 듣고 한번 만나 보고 싶었는데, 같은 울타리 안에 있으면서도 만나기가 쉽지 않구려."

명우라는 도호를 들은 북궁천은 호기심이 이는 눈빛으로

그를 바라보았다.

명우라는 도호는 그도 들어 본 적이 있었다.

무당에서 배출한 최고의 기재. 무당 부흥의 희망이라고 알려진 젊은 도인. 나이 스물아홉에 무당 최고의 절기인 태극혜검을 얻었다고 했던가?

"무당의 청송일검이 관심을 가져 줘서 고맙긴 하오만 부풀려진 소문일 뿐이오."

"언제 기회가 되면 단 시주와 많은 이야기를 나눠 보고 싶소이다."

말로는 이야기를 나눠 보자고 하지만, 눈빛 속에는 검을 겨뤄 보고 싶어 하는 마음이 가득했다.

"그것도 괜찮을 것 같군요."

북궁천은 명우의 호승심을 거부하지 않았다.

그는 과거의 영광을 꿈꾸는 무당의 희망이었다. 그리고 천사교가 나타난 것을 기회 삼아서 다시금 힘을 뭉치려는 무림맹이 내세운 일곱 명의 젊은 고수 중 선두 주자였다. 나중을 위해서 가까이 해 두는 것도 나쁘지 않았다.

오랜 세월 잠들어 있었긴 해도 무림맹은 무림맹인 것이다.

거대한 잠룡!

"그럼 그날을 기다리리다."

명우는 힘이 실린 눈빛으로 북궁천을 똑바로 바라보며 포권을 취했다.

"나중에 봅시다. 바쁜 일이 있어서 이만."

북궁천도 가볍게 두 손을 맞잡아 보이고는 걸음을 옮겼다.

명우는 그의 뒷모습을 보면서 숨을 느리게 들이쉬었다.

'도무지 알 수가 없군. 그다지 특별한 것은 없어 보이거늘……'

거처로 돌아가자 이정한이 다가와서 나직이 말했다.

"대형, 사공 공자가 사람을 보냈습니다."

북궁천의 무심한 눈빛이 찰나간 흔들렸다.

"뭐라고 하던가?"

"밤에 승명정으로 나오라는 말만 전하고 그냥 갔습니다."

그날 이후 증거가 완전히 드러날 때까지 만남을 자제하기로 했는데 만나자고 한다.

뭔가를 알아냈다는 말. 북궁천은 무심하게 가라앉은 눈을 들어 허공을 바라보았다.

'두 줄기 바람이 겹치면 십자풍이 분다. 피하고 싶어도 피할 수 없는 폭풍이. 어디 한번 벗어나 봐라, 구양우경.'

＊　　＊　　＊

승명정은 철은보에서 남쪽으로 백여 장 떨어진 야산 아래에 있는 작은 정자였다.

철은보를 차지한 후 수백 구의 시신을 그 부근에 묻어서 그런지 승명정 일대가 음침한 분위기를 풍겼다. 그 바람에 철은보에 머무는 연합 세력의 무사들은 그 근처에 얼씬도 하지 않았다.

사람의 눈길을 의식하지 않고 이야기를 나누기에는 적격인 장소. 북궁천이 그곳에 도착했을 때는 사공강후가 먼저 와 있었다.

"가슴을 갈라 봤더니, 단 형 말대로 심장이 완전히 으스러져 있었소. 문제는 그 수법을 밝혀내야 확실하게 옭아맬 수 있다는 것인데, 생각보다 쉽지 않았소."

사공강후의 목소리가 고저 없이 흘러나왔다.

분노를 가슴속에서 삭이는 목소리.

북궁천은 그가 말을 끝낼 때까지 듣기만 했다.

"해서 이틀 전, 어쩔 수 없이 관 숙부께 말씀드렸소. 물론 깊은 이야기는 하지 않고 단지 상흔에 대한 것만 말했소. 그런데 오늘 아침, 관 숙부가 굳은 표정으로 와서 그러더구려. 그러한 장력에 대해서 알아냈다고 말이오."

사공강후는 잠시 말을 끊고 북궁천을 응시했다.

빛 한 점 없는 밤. 일 장의 거리를 두고 있었지만 어둠은 그들에게 아무런 방해도 되지 않았다.

"그리고 나에게 어떻게 된 것이냐고 묻더구려."

북궁천은 사공강후의 씁쓸해하는 표정을 보고 담담히 물었다.

"그래서 함께 온 거요?"

그 때였다.

"그렇다네. 나도 무슨 일인지 알아야 할 것 같아서 함께 왔지."

묵직한 목소리와 함께 승명정 뒤쪽에서 관호명이 걸어 나왔다. 사공강후가 자신과의 약속을 지키기 위해서 직접 말하지 않고 데려온 듯했다.

"먼저 알아낸 것에 대해서 말해 보시지요."

"아쉬운 것은 자네일 것 같은데?"

"나야 몰라도 큰 상관은 없소."

북궁천의 무심한 목소리에 관호명의 눈매가 꿈틀거렸다.

하기야 천무회 사람이 죽은 일이었다. 단화린보다는 자신이 더 관련 깊은 일.

사공강후가 말을 해 주면 좋겠지만, 약속을 한 이상 그는 결코 입을 열지 않을 사람이어서 애가 타는 것은 결국 자신이 될 수밖에 없었다.

그렇다고 힘으로 억누르는 것도 쉬운 일이 아니고 말이다.

북궁천을 노려보던 관호명은 할 수 없다는 듯 먼저 입을 열었다.

"심장을 부순 것은 파벽신장이었네. 가슴의 흔적이 워낙 옅

어서 바로 알아볼 수 없었는데, 밤새 생각해 봤더니 이름 하나가 떠오르더군. 내부를 그물처럼 조각내는 장법은 흔한 게 아닌데도 워낙 강호에 알려지지 않은 장법이었거든.”

담담하게 말하던 그가 숨을 잠시 멈추더니 은은한 노기가 실린 목소리로 말했다.

“그런데 내가 알기로, 그 장법은 구양가만이 익힌 무공으로 아네만…… 이제 말해 보게, 누군가?”

북궁천은 그쯤에서 진실을 말해 주었다.

“그를 죽인 사람은…… 구양우경이오.”

순간 관호명의 눈이 한껏 커졌다.

“말도 안 되는 소리! 그가 왜 상은호를 죽인단 말인가?”

“짜증이 난 것 같소. 상 부단주가 물러서다가 부상당한 그의 옆구리를 쳤으니까.”

북궁천의 말에 관호명이 어이없다는 표정을 지었다.

“겨우 그런 이유로 상은호를 죽였다고? 혹시 그가 상은호를 적으로 생각하고……?”

“검으로만 찔렀다면 그런 생각을 할 수도 있지요.”

관호명은 북궁천의 말을 바로 알아듣고 표정이 이지러졌다. 반사적으로 검을 뻗었다 해도 바로 천무회 사람이라는 걸 알아봤을 것이다. 그 정도 고수라면 중간에서 멈추고도 남았다.

그런데 검기가 심장을 완전히 관통했고, 그 후에 장력이 심장을 부쉈다.

명백한 고의 살인.

변명할 여지가 없었다.

문제는 상은호를 죽인 사람이 구양우경이라는 것이다.

당금 연합 세력의 주축인 삼성궁의 소궁주.

"정말 그가 맞나?"

"내 아우가 모든 걸 봤소."

"그가 왜, 대체 왜 상은호를 죽인 거지? 정말로 순간적인 짜증 때문에 죽였단 말인가?"

그 점에 대해서는 관호명만이 아니라 사공강후도 궁금했다.

"이제 다 말해 주시오, 단 형."

북궁천은 두 사람을 번갈아 보고 나서 나직이 입을 열었다.

"그는 죽이고 싶어서 죽인 거요."

"그게 무슨 말인가? 죽이고 싶어서 죽이다니?"

"말 그대로요. 그는 상은호를 짜증이 나서 죽이긴 했지만, 온전히 그것 때문에 죽인 것만은 아니오."

관호명이 그의 말에서 뭔가를 눈치채고 물었다.

"설마 그가 느닷없이 살인 욕구를 느끼기라도 했단 말인가?"

"갑자기 느낀 것이 아니라 그의 본능이 튀어나온 거요."

"본능? 으음, 그가 살인을 갈구하는 마인처럼 제정신이 아니라는 말처럼 들리는군. 그건 너무 지나친 생각 같은데? 사실 그곳에서는 모두가 제정신을 유지하기가 힘든 상황이었네. 구양우경처럼 곱게 자란 사람이라면 그 상황을 견디기 힘들었을 거네."

누구든 그렇게 생각할 수 있었다. 더구나 상대가 구양우경이라면 말할 것도 없었다.

그래서 북궁천은 자신이 알고 있는 사실을 남에게 함부로 말하지 않았던 것이다.

그런데 이제는 때가 된 것 같다.

"나는 지금 천사교와의 싸움 때문에 그를 그렇게 평가한 것이 아니오."

"그럼……?"

북궁천은 관호명을 직시하고서 말했다.

"그는 본래 그런 사람이오. 너무 깊게 감춰져서 아무도 모르는 것뿐."

"……."

관호명과 사공강후는 한동안 아무 말도 하지 않고 북궁천을 바라보기만 했다.

그리고 북궁천이 허튼 소리를 할 사람이 아니라는 확신이 든 후에야 무거운 한숨을 쉬었다.

"하아아, 정말 믿을 수가 없군요."

"으으음, 아무리 한 길 사람 속이 천 길 물속보다 깊다지만, 그가 그런 사람이라니……."

살인자가 구양우경이라는 것만 해도 충격이거늘, 그가 마에 물들어 있다니.

뒤통수를 두들겨 맞은 기분이었다. 분노하는 마음조차 들지 않을 정도로. 그러나 분노는 밑으로 가라앉았을 뿐 사라진 것이 아니었다.

사라지기는커녕 오히려 더욱 무겁게 가슴을 짓눌렀다.

관호명은 숨을 깊게 들이쉬어서 충격을 안정시키고 무거운 어조로 말했다.

"그에 대한 것은 상은호가 죽은 것과 또 다른 문제네."

상은호의 죽음만 문제라면 사과와 배상을 하는 것으로 끝날 수도 있다.

죽은 상은호는 억울할지 몰라도 그 일로 두 세력이 등지고 돌아설 가능성은 거의 없는 것이다. 당시 산채에서는 대부분 제정신이 아니었으니까. 하지만 구양우경이 정말 마에 물든 살인마라면 문제가 달라진다.

"만약 자네가 잘못 생각한 것이라면, 그 말에 대한 책임을 져야 할지도 모르네. 확실한 증거가 있나?"

북궁천은 그쯤에서 두 사람을 자신의 그물 안으로 끌어들였다.

"지금 그걸 밝히려 하고 있소. 두 분이 도와주신다면 좀 더 확실하게 밝혀낼 수 있을 것 같소만."

＊　　　＊　　　＊

"안녕하셨어요!"

소동동은 활짝 웃으며 인사를 하고 철은보로 들어섰다.

이제 사흘째, 정문 위사들도 그녀가 준 당과를 받아 들고 웃음으로 대했다.

그동안 얼굴이 익었는지, 그녀가 안으로 들어가자 몇 사람이 그녀에게 말을 붙였다.

"하하하, 혹시나 해서 나와 봤는데 오늘도 또 왔군."

"예쁜 소저에게서 당과를 받아먹으니 더 맛있지 뭔가?"

"고마워요! 이거 드세요."

소동동은 팔랑거리는 노란 나비처럼 오가며 당과를 나누어 줬다.

그녀는 전날보다 조금은 가벼운 옷을 걸치고 있었다. 목을 둘렀던 천을 벗어서 그런지 훨씬 생기발랄했다.

"허허허, 저 여아가 또 왔군."

"오늘도 입이 심심하지 않겠구려. 이러다 천사교와 싸우기도 전에 먼저 당과를 놓고 우리끼리 싸우는 상황이 벌어지지 않을까 무섭소이다."

승려도 도인도 모두 그녀를 반겨 주었다.

밝은 표정. 예쁘다기보다 귀엽게 보이는 얼굴. 당찬 목소리.

누가 봐도 싫어하지 않을 모습이었다.

그녀가 그렇게 반쯤 당과를 나누어 줬을 때, 별원에서 구양우경이 나왔다.

그는 이십 장 거리에 있는 소동동을 보고 슬그머니 주먹을 쥐었다.

수룡위사대원의 말을 듣고도 당과를 나눠 주는 여자가 예뻐 봐야 얼마나 예쁠까 싶었다. 그런데 제법 먼 거리인데도 가슴이 먼저 반응하고 있었다.

'호오, 제법인데?'

그는 점점 가까워지는 그녀를 보면서 기이한 눈빛을 반짝였다.

만지면 분이 묻어날 것 같은 뽀얀 살결이 목덜미를 타고 흘러서 두툼한 겉옷 속으로 스며들고 있었다. 그 안을 보지 못한다는 게 짜증날 지경이었다. 게다가 웃을 때마다 뽀얀 뺨에 파이는 보조개를 보고 있으니 침이 절로 넘어갔다.

'오랜만에 아주 멋진 애를 보는군.'

그 때 소동동이 그를 향해 쪼르르 달려왔다.

"잘생긴 공자님! 공자님도 하나 잡숴 보세요."

그녀는 환한 표정을 지으며 당과를 건넸다.

엉겁결에 당과를 받아 든 구양우경은 미소로 답했다.

"고맙다."

"제가 직접 만든 거예요. 맛있으면 나중에 팔아 주세요."

"그래, 알겠다. 내 꼭 그렇게 하마."

"그럼 다음에 뵈어요!"

"아, 잠깐만……."

하지만 그가 붙잡을 새도 없이 노란 나비는 당과를 팔기 위해서 다른 곳으로 훨훨 날아갔다.

자신이 붙잡는데도 날아가는 나비를 보면서 구양우경은 코끝을 실룩였다.

'건방진 것도 마음에 드는군. 아주 마음에 들어.'

당과를 입안에 넣은 그는 묘한 미소를 지으며 돌아섰다.

별원으로 돌아온 구양우경은 운평을 불렀다.

"그녀에 대해 자세히 알아보도록 해라."

"예, 소궁주."

"상남 외곽에 괜찮은 장소가 있는지도 알아보고."

운평이 흠칫하며 고개를 들었다.

"상남의 객잔에 상당히 많은 무인들이 머물고 있는데 괜찮겠습니까?"

구양우경의 눈빛이 싸늘해졌다.

"그러니 장소를 잘 알아봐야지. 계획도 철저히 세우고."

흠칫한 운평은 재빨리 고개를 숙였다.

"알겠습니다, 소궁주."

구양우경은 운평이 나간 후 이마를 찡그렸다.
'호문만 한 놈이 없군. 호문 같으면 알아서 해결할 텐데, 꼭 말을 몇 번씩 더 하게 만드니 원…… 그건 그렇고 호문은 어디로 갔는지 모르겠군. 그놈이 살아 있으면 골치 아픈 일이 벌어질지 모르거늘.'
당시 지하에 흘린 피의 흔적으로 봐서 중상을 입은 게 분명했다.
지금까지 나타나지 않은 걸로 봐서 죽었을 가능성도 없지 않았다. 아니면 멀리 도망갔을지도 모르고. 장호문 역시 자신이 저지른 일에서 자유로울 수 없을 테니까. 하지만 그는 곧 장호문에 대해서 잊고 붉은 혀로 입술을 축였다.
'혼자 즐기면 심심할 것 같은데, 다른 사람을 불러올까?'
그것도 괜찮을 것 같았다.
천사교와 대치하고 있는 상황이니, 그 핑계를 대면 어렵지 않게 올 수 있을 것 같았다.
'아냐, 아냐. 오랜만에 즐기는 건데, 나 혼자 실컷 즐기는 게 낫겠어. 후후후후.'

한편, 북궁천은 구양우경을 살펴보고 온 황보청과 종리기진에게서 보고를 들었다.

"표정으로 봐서는 대단히 만족한 것 같습니다, 대형."

"금방 무슨 짓이라도 저지를 것 같더군요. 개만도 못한 새끼."

황보청이 구양우경을 욕하며 이를 으드득 갈았다.

처음 구양우경에 대한 이야기를 들었을 때만 해도 설마 했다. 그런데 조금 전에 본 눈빛을 떠올리니 절로 이가 갈렸다.

"한시도 시선을 떼선 안 되네. 다른 자들은 천종원이 알아서 감시할 것이니 두 아우는 구양우경만 주시하게."

"알겠습니다, 대형."

천종원뿐만이 아니라 사공강후와 관호명도 암중에서 살펴보고 있을 것이다.

자신의 일거수일투족이 철저히 감시당하고 있다는 걸 구양우경은 꿈에도 모르고 있을 터. 북궁천은 냉소를 지으며 허공을 노려보았다.

천사교와 연합 세력 간의 싸움은 그에게 곁가지일 뿐이다.

헌원려려를 얻지 못한다면 그딴 싸움에서 이긴들 무슨 소용이랴.

'놈의 껍질을 벗겨 내고 려려와 당당하게 떠날 것이다.'

이제 그날이 얼마 남지 않았다.

짧으면 이틀, 길어야 닷새.

'구양우경, 어서 본성을 드러내 봐라!'

*   *   *

“령주. 수룡위사대원 중 하나가 바쁘게 움직이고 있습니다.”

“그래?”

천종원은 모우태의 보고를 받고 눈빛을 반짝였다.

‘그가 드디어 움직이려고 하는 건가?’

모든 일을 꾸민 사람은 단화린이다. 짧은 시간에 꾸민 일치고는 완벽했다.

‘일지 하나만으로 그런 추측을 해내서 일을 진행시키다니. 정말 무서운 놈이군.’

머리만 뛰어난 게 아니었다. 무공의 강함은 절대지경의 고수들조차 인정하는 판이었다.

그와 적이 되지 않은 게 천만다행이라는 생각이 들 정도.

“현재 몇 명이 지키고 있느냐?”

“다섯입니다, 령주.”

“한시도 눈을 떼지 마라. 그렇다고 해서 너무 가까이 접근하지는 말고.”

“그렇게 하고 있습니다.”

잠시 말을 멈춘 천종원이 모우태를 돌아보며 나직이 말했다.

“그리고 단화린에 대해서도 철저히 살펴봐.”

모우태는 슬쩍 눈을 들어 천종원을 살펴보았다.

고민이 느껴지는 표정이었다.

자신 역시 같은 감정이었다.

'그는 너무 위험한 잔데……'

왜 그를 살펴보라는지 이유를 모르지는 않았다. 하지만 령주가 너무 앞서 나간다는 느낌이었다. 자칫하면 모든 게 엉망으로 틀어질 수도 있거늘.

그래도 일단은 령주의 명령에 복종했다.

"예, 령주."

*　　　*　　　*

그 시각.

임강령은 미간을 좁히고 작은 책자에 써진 이름 하나를 내려다보았다.

'그거 참, 알 수가 없군.'

가로 세 치, 세로 다섯 치의 작은 책에는 세필로 써진 이름이 빼곡히 적혀 있었다.

모두 중간 간부 이상이었고, 직위가 없어도 고수라는 꼬리표가 달린 사람들이었다.

그리고 이름 밑에는 자신이 정한 다섯 가지 기준에 따른 표식으로 동그라미와 세모, 가위표가 그려져 있었다.

성격, 동료와의 관계, 세력에서의 중요도, 최근의 행적, 과거의 행적.

다섯 곳에 표식이 모두 된 것도 있었고, 어떤 이름 밑에는 아직 표식이 마무리가 안 되고 한두 개씩 빠져 있었다.

그는 그것으로 의심이 가는 자들을 일 차로 추려 냈다.

어차피 혼자서 조사하는 데는 한계가 있을 수밖에 없었다. 그래서 그렇게 일 차로 추려진 인물에 대해서 단화린과 의논한 후 더 깊이 파고들 생각이었다.

그런데 그는 그 많은 이름 중 하나가 자꾸만 눈에 밟혔다.

그 이름 밑에는 아직 표식이 두 개밖에 없었다. 적어도 네 가지에 대해선 판단이 섰어야 정상이거늘.

특히 과거의 행적 부분에서는 막막하기만 했다. 그를 잘 안다고 생각했는데, 막상 생각해 보니 그의 과거에 대해서 아는 것이 아무것도 없는 것이다.

그렇다고 해서 그를 의심하는 것은 아니었다. 그를 의심한다면 철은보에 있는 사람 누구도 믿을 수가 없다는 말과 같았다.

'한번 자세히 알아봐야겠군.'

고민하던 임강령은 책자를 가슴에 집어넣고 방을 나섰다.

第十章
사
냥

북궁천은 유원당을 만나기 위해서 상남으로 향했다.

백검맹은 아무래도 삼성궁과 천무회, 무림맹에 비해서 그 세가 약했다. 더구나 뒤늦게 합류한 터라 그러잖아도 좁은 철은보에 거주할 곳이 없었다.

그 바람에 객잔 하나를 거처로 쓰고, 혹시 모를 긴급회의에 대처하기 위해서 그날그날 간부들이 철은보를 오갔다.

'하긴 눈칫밥 먹는 것보다는 그게 편할지도 모르지.'

그런데 그가 정문을 나선 지 얼마 되지 않아서 서너 사람이 뒤를 따라왔다.

"단 시주, 어딜 가시는 길이시오?"

뒤에서 들리는 소리에 고개를 돌리자, 무당의 명우가 두 사람과 함께 그를 향해 다가왔다.

"만날 분이 있어서 상남에 가는 중이오."

북궁천은 짧게 대답하고 다시 걸음을 옮겼다.

명우와 그의 일행이 곧 그의 옆에 나란히 섰다. 한 사람은 승려였고, 한 사람은 속인이었다. 둘 다 나이가 이십 대 중후반 정도였다.

"남궁성이라 하오. 명우 도형의 말씀을 듣고 한번 뵙고 싶었소."

둘 중 턱이 각진 청년이 말했다. 등에 오색 수실이 매달린 검을 찬 그는 말을 하고 북궁천의 옆모습을 쳐다보았다.

"그래서 따라온 거요?"

"아미타불, 빈승은 소림의 지광이라 하외다. 겸사겸사 바람을 쐬려고 나왔소이다."

젊은 승려가 그렇게 말하며 담담히 웃었다. 얼굴이 둥글고 초승달처럼 가느다란 눈이 부드럽게 휘어져 있어서 선하게 보이는 인상이었다.

"그럼 바람이나 쐬고 돌아가시오."

북궁천은 그들의 뜻을 모르지 않았다. 하지만 지금은 그들의 뜻을 받아 줄 때가 아니었다.

은연중 그들의 뜻을 거절한 그는 걸음을 빨리했다.

그의 몸이 유수처럼 흐르더니 순식간에 세 사람과 칠팔

장의 거리가 벌어졌다.

서로를 마주 본 세 사람은 북궁천을 따라잡기 위해서 땅을 박찼다.

그러나 북궁천이 더 빠르게 가는 것 같지 않은데도 거리가 쉽게 좁혀지지 않았다.

호승심이 동한 그들은 본격적으로 신법을 펼쳤다.

거리가 빠르게 줄어들었다.

그들이 빨라서 그런 것이 아니었다. 북궁천이 공연한 경쟁을 하기 싫어서 속도를 높이지 않았기 때문이다.

그는 세 사람이 자신의 앞으로 나서자 걸음을 더 늦췄다. 그리고 갑자기 오른쪽으로 방향을 틀었다.

북궁천을 앞지르며 내심 쾌재의 미소를 짓던 세 사람은 급히 그를 따라서 꺾어졌다.

철은보와 상남의 중간에서 동쪽으로 오륙 리 정도 떨어진 곳에 제법 넓은 소나무 숲이 있었다.

북궁천은 소나무 숲 사이로 난 길을 따라 백여 장을 걷다가 공터가 나오자 걸음을 멈췄다.

곧이어 명우를 비롯한 세 사람이 그가 있는 곳에 내려섰다.

그곳까지 오는 동안 거리가 줄지도 벌어지지도 않았다. 그들은 방향을 틀기 전 자신들이 그를 앞지른 것은 운도 실력도 아니라는 것을 깨달았다. 그저 상대가 경쟁할 생각이 없었던 것일 뿐.

그런데 공터로 자신들을 데려온 걸 보니 마음을 정한 듯했다.

명우는 포권을 취하면서 사과부터 했다.

"귀찮게 해서 미안하오, 단 시주."

하지만 그의 형형한 눈빛은 조금도 수그러들지 않았다. 지금 상황을 반기는 눈치였다.

남궁성과 지광도 은근한 기대를 가지고 북궁천을 바라보았다.

북궁천은 명우와 남궁성, 지광을 차례차례 돌아보았다.

귀찮아서 상대하지 않으려 했다. 그런데 문득, 세 사람을 상대로 무림맹의 능력을 알아보는 것도 괜찮을 것 같다는 생각이 들었다.

그래서 이곳으로 데려왔다.

그는 일단 세 사람의 자존심을 자극했다.

"시간이 없으니 간단히 끝내는 게 좋겠소. 셋이 한꺼번에 덤비시오."

"……."

세 사람은 자신들의 귀를 의심했다.

어이가 없어서 말이 바로 나오지 않았다.

자신들은 소림과 무당과 남궁세가의 제일 기재로, 무림맹에서 칠영(七英)이라 불리는 일곱 기재 중에 속한 사람들이다.

자신들 셋이 힘을 합하면 절대지경에 이른 고수라 해도 자신 있거늘, 함께 덤비라니.

저자가 지금 제정신인가?

그렇게 셋을 셀 시간이 흐를 즈음, 남궁성의 입에서 분노가 서린 목소리가 흘러나왔다.

"정말 오만하군."

그는 먼저 앞으로 나서더니 등으로 손을 뻗어 검을 뽑았다.

"내가 먼저 그대의 오만을 손봐 주겠소."

북궁천은 좌수엄지로 검을 툭 밀어 올리고는 조금 전과 달라진 것이 없는 목소리로 말했다.

"좋을 대로. 강요할 생각은 없으니까. 대신 후회는 말도록."

명우와 지광이 눈살을 찌푸리며 뒤로 물러났다.

"검을 뽑으시오!"

남궁성이 북궁천을 노려보며 말했다.

하지만 북궁천은 손가락 하나 까딱하지 않았다.

"내 검은 내가 알아서 뽑을 것이니 걱정 말고 공격하시오."

무시당한 기분이 든 남궁성은 이를 악물고 검을 중단으로 들어 올렸다.

"그대가 택한 일이니 후회하지 마시오!"

말이 끝남과 동시에 땅을 박찬 그는 이 장의 간격을 찰나에 좁히며 북궁천을 공격했다.

쉬익!

직선으로 뻗어 가는 그의 검에서 푸른 검기가 넘실거렸다.

날아드는 검을 무심히 바라보던 북궁천은 그 자리에 우뚝 선채 검을 뽑았다.

시커먼 묵광이 그의 옆구리에서 쭉 솟구친 순간!

쾅!

검끼리 부딪친 거라 믿을 수 없는 굉음이 울리고, 날아들던 남궁성의 몸이 옆으로 날아갔다.

강할수록 구부러지지 않는 법.

그는 만근의 힘에도 밀리지 않을 강함으로 공격했기에 더 강한 힘과 부딪치자 꺾어지지 않고 튕겨 나간 것이다.

이 장을 날아가서 내려선 남궁성의 얼굴이 해쓱했다.

검신을 통해서 밀려든 거력에 팔은 물론이고 몸 전체가 얼얼하다.

'제길, 역시 소문이 거짓은 아니었군. 괜히 힘으로 부딪쳤어.'

이를 지그시 악문 그는 힘이 아닌 기교로써 상대하기로 했다. 상대가 강력한 패공을 익혔다면 맞부딪쳐 봐야 좋을 게 없었다.

옆으로 미끄러지듯이 삼 보를 움직인 그는 그사이 진기를 순환시켜서 얼얼한 몸을 풀었다.

그리고 그 자리에 그대로 서 있던 북궁천이 검을 사선으로 내린 순간, 번개처럼 몸을 날리며 재차 공격을 가했다.

일검 비무로 호된 충격을 받은 그는 변화가 중심적인 창
궁십이검을 펼쳤다.

차가운 겨울바람이 잘게 쪼개지고, 시퍼런 검영이 그 사
이로 스며들었다.

스스스스스!

허공에 만발한 검화가 그물처럼 덮어오는데도 북궁천은
느릿하게 검을 들었다.

그리고 일순간, 검화의 중심을 향해 벼락처럼 내질렀다.

후우웅!

벼락에 바람이 뚫리며 기묘한 소음이 울렸다.

그와 동시!

쾅!

또 다시 전과 다름없는 굉음이 소나무 숲을 뒤흔들었다.

순간, 허공에 만발하던 검화가 산산이 부서지며 가루처럼
흩어졌다.

"크윽."

남궁성은 나직한 신음을 토해 내며 주르륵 물러났다.

중심을 잡고 북궁천을 쳐다본 그는 괴이하게 일그러진
표정으로 이를 악물었다.

북궁천은 머리카락을 날리며 여전히 그 자리에 서 있었
다. 그저 발이 세 치쯤 땅을 파고들었을 뿐.

그 모습을 보자 가슴에서 뭔가가 울컥 치밀어 올랐다.

'내가 겨우 이것밖에 안 되었던가?'

자격지심이라면 자격지심일 수도 있었다. 하지만 그동안 남궁세가 제일의 기재로 살아온 그에게는 그 이상의 충격이었다.

자신에 대한 분노로 얼굴이 벌게진 그는 전 공력을 끌어올렸다.

그리고 북궁천을 노려보며 검을 가슴 높이로 들어 올렸다.

힘으로 부딪치지 않았는데도 전과 다름없는 결과가 나왔다. 일반적인 무공으로는 상대의 벽을 넘을 수 없다는 뜻.

아직 완성하지 못한 세가 제일의 검공. 제왕검만이 상대의 벽을 넘을 수 있을 듯했다.

잘못하면 자신도 적잖은 타격을 받을지 모르지만 이대로 물러설 수는 없는 일!

고오오오.

가슴 높이로 들어 올린 그의 검이 울음을 토해 냈다.

검신을 타고 시퍼런 검기가 쭉 뻗어 나가더니 영롱한 형체를 갖추었다.

그 때였다. 북궁천의 냉랭한 목소리가 그를 짓눌렀다.

"아직 생사를 건 싸움을 해 보지 못했나 보군. 그런 마음으로 저번에 천사교와 싸웠다면, 백이면 백 죽었을 거다."

남궁성의 눈빛에 잔물결이 일었다.

"그게…… 무슨 말이오?"

"그대 부친에게 가서 물어봐라. 그라면 알려 줄 수 있을 것이다. 저번처럼 험악하고 힘든 싸움은 평생 처음으로 겪어 봤을 테니, 물어보면 해 줄 말이 많을 거다."

"아버님께 물어보라고?"

"보이기 위한 검과 죽이기 위한 검은 다르다. 그리고 살기 위한 검은 더 다르다. 그대 부친이라면 그 차이를 알 거다."

남궁성의 몸이 가늘게 떨렸다.

그의 검에서 뻗어 나오던 검기가 힘없이 스러졌다.

그는 북궁천을 바라보며 이를 악물더니 검을 내렸다.

"오늘은 내가 졌소. 하지만 한 번 졌다고 해서 이대로 포기하지는 않을 거요. 나중에 더 강해진 후 오늘의 빚을 갚겠소."

"기다리지."

대신 북천까지 와야 할 것이다. 그곳에 와서도 같은 마음일지는 그때 가 봐야 알겠지만.

북궁천은 그에게서 고개를 돌려 명우와 지광을 바라보았다.

"이번에는 누가 할 건가?"

"빈승이 해 보겠소."

의외로 명우보다 지광이 먼저 나섰다. 그가 더 느긋한 성격일 줄 알았거늘.

북궁천은 검을 집어넣고 두 주먹을 쥐었다 폈다.

"삼초로 하지."

지광은 그가 검을 집어넣자 묘한 표정을 지었다. 꼭 울 것 같은 표정.

"빈승이 무기를 들지 않았다 해서 검을 거둘 필요는 없소이다."

"내 주먹을 받아 낸다면 생각해 보지."

지광은 북궁천의 북두패왕권 삼초식을 무사히 받아 냈다.

그리고 대웅전 부처처럼 좋던 인상이 사찰 입구의 천왕상처럼 일그러졌다.

대력금강장과 백보신권을 전력으로 펼치고도 일곱 개의 깊게 찍힌 발자국을 남긴 지광은 잘게 떨리는 손으로 반장을 취했다.

"빈승이 졌소."

북궁천은 마지막 한 사람, 명우를 바라보았다.

명우는 두 사람과 조금 달랐다.

검을 단 두 번 펼쳐서 남궁성의 의지마저 무너뜨렸다. 삼초의 권법으로 소림의 자존심을 뭉갰다. 그러고도 꿈쩍하지 않고 그 자리에 서 있는 단화린이다.

'저자는 산이다.'

그의 눈에는 북궁천이 마치 산처럼 보였다. 그런데 자신은 아직 산을 무너뜨릴 수 있는 능력이 없었다.

"대결을 나중으로 미뤄야 할 것 같소. 솔직히 말해서 빈도는 아직 단 시주를 넘어설 자신이 없소. 하지만 머지않아 그런 날이 올 거라 믿고 있소."

북궁천은 그 말을 듣고 명우를 남궁성이나 지광보다 반수 정도 위로 평가했다.

자신의 모자람을 알고 물러선다는 것은, 수양이나 무공 면에서 두 사람보다 한 발짝 더 앞으로 나갔다는 뜻처럼 느껴진 것이다.

하지만 나중에도 그가 두 사람보다 나을지는 두고 봐야 알 일이었다.

그는 지나치게 신중해서 몸으로 체득해야 알 수 있는 것을 두 사람보다 늦게 알게 될 테니까.

"그럼 나는 이만 가 보겠소. 오늘의 일은 덮어 둘 것이니 그대들도 남에게 함부로 말하지 마시오."

세 사람의 표정이 그나마 조금 밝아졌다.

자존심이 차가운 겨울 땅바닥에 처박혔다는 사실이 대외적으로 알려지지 않는 것만도 다행이 아닐 수 없었다.

*　　*　　*

무림맹의 대표적인 젊은 고수 셋의 자존심을 새끼줄로 묶어서 옆구리에 찬 북궁천은 곧장 상남으로 갔다.

유원당과 백검맹 무사들은 연합 세력이 빌린 객잔 세 곳 중 고풍객잔에 머물고 있었다.

북궁천이 찾아갔을 때 유원당은 조관수와 차를 마시고 있었다.

"그간 잘 지내셨습니까? 자주 찾아뵈어야 하는데 마음대로 되지 않는군요."

"나이 먹은 사람 만나는 게 재미없는 거겠지 뭐."

뚱한 표정으로 대답한 유원당이 넌지시 물었다.

"그래, 종기를 치료하는 일은 잘돼 가고 있나?"

"슬슬 곪아 가고 있긴 한데, 엉뚱한 곳이 먼저 곪아 터질 것 같습니다."

"엉뚱한 곳이 먼저 곪아 터진다? 흠, 혹시 그 일 때문에 온 것 아닌가?"

"원주님의 눈은 속일 수가 없군요."

유원당이 콧소리를 내며 못마땅한 표정을 지었다.

"큼, 팔팔한 청년이 나처럼 나이 먹어 가는 사람을 만나러 올 때는 부려먹을 일이 있으니 온 것이 아니겠는가?"

"그래도 할 일이 있을 때가 좋은 것이지요. 일도 맡기지 않을 정도가 되면 갈 곳이 한 곳밖에 더 있겠습니까?"

유원당은 북궁천을 흘겨보더니 팔짱을 끼고 턱을 쳐들었다.

"험, 얼마 전만 해도 어수룩해 보여서 괜찮게 생각했는데, 갈수록 말만 느는군. 안 그렇습니까, 장로님?"

조관수는 두 사람의 대화를 들으며 빙그레 웃었다.

"허허허, 틀린 말은 아닌 것 같소. 누구도 일을 맡기지 않으면 죽을 때가 다 되었다는 말 아니겠소?"

"조 장로님까지 그렇게 말하시니 거절도 못 하겠군요. 어디 말해 보게. 무슨 일을 부려먹으려고 하는 건가?"

북궁천은 진기로 막을 형성해서 방 안의 말이 밖으로 새어 나가지 못하도록 막은 후 입을 열었다.

"오늘 해가 진 직후부터 한 곳을 감시해 주셨으면 합니다."

"감시? 그건 나보다 조 장로님께 말해야 되는 것 같은데?"

"그래서 조 장로님의 합석을 마다하지 않은 것입니다."

그 말을 듣고 나서야 조관수는 북궁천의 청을 거절하기에 이미 늦었다는 사실을 깨달았다.

"흐음, 이거 영락없이 그물에 걸린 셈이구먼. 내가 거절하면 가만 두지 않겠는데?"

북궁천은 조용히 미소 지으며 별말 다 한다는 투로 말했다.

"전에도 말씀드렸다시피 저 그렇게 나쁜 사람 아닙니다. 저는 당연히 허락하실 줄 알고 말씀드린 것인데, 거절하실 생각이셨습니까?"

조관수는 어색한 웃음을 지으며 고개를 저었다.

"이제야 유 원주의 마음을 이해하겠군. 자넨 정말 무서운 사람이야. 유 원주야 아직 팔팔하니까 부려먹을 만하지만 나처럼 다 늙어 가는 사람까지 가만 놔두지 않다니."

유원당이 그 말에 불쑥 토를 달았다.

"조 장로님, 저도 삼 년만 더 지나면 쉰입니다."

조관수가 어림없다는 표정으로 받아쳤다.

"우리 나이쯤 되면 삼 년의 세월이 삼십 년처럼 느껴지는 법이라네. 하루가 다르게 팔다리가 쑤시지. 유 원주도 곧 알게 될 거네."

그런 조관수를 향해 북궁천이 말했다.

"산서에 다녀오실 정도의 기력이면 충분한 일입니다. 걱정 마십시오."

조관수는 입을 닫고 북궁천을 노려보았다.

아무래도 그물에서 벗어나기는 틀린 듯했다.

"허험, 말해 보게. 어딜 감시해야 하는 일인가?"

"감시해야 할 곳은 서쪽 대로 끝에 있는 당화점입니다. 그곳의 주인은 소동동이라는 여인인데, 누군가가 그녀를 노릴 겁니다. 하지만 그녀가 납치를 당해도 손을 써서는 안 됩니다. 멀리서 지켜보기만 하고, 저에게 바로 연락을 취한 후 어디로 가는지 끝까지 추적하셔야 합니다. 그 와중에 다른 사람이 따라붙을 수도 있습니다만, 그들을 발견해도 절대 싸워서는 안 됩니다. 만약 부딪칠 경우가 생기면 무조건 피하라고 하십시오. 단, 그녀가 위험해질 것 같다 싶은 경우는 예외입니다."

유원당과 조관수는 곤혹스러운 표정을 지었다.

"무슨 일인지 좀 더 자세히 말해 주면 안 되겠나?"

유원당이 북궁천을 똑바로 응시하며 물었다.

"모든 걸 알면 두 분도 위험해질지 모릅니다."

"자네의 부탁을 들어주게 되는 순간부터 위험은 이미 시작되었다고 봐야 할 것 같네만."

북궁천은 두 사람을 지그시 바라보았다.

하긴 그럴지도 모른다. 또한 알고 하는 일과 모르고 하는 일은 차이가 날 수밖에 없다. 보다 완벽하게 일을 마무리하려면 사실을 말하는 게 나을지도……

마음을 굳힌 그는 두 사람에게 먼저 약조를 받았다.

"좋습니다. 단, 지금부터 하는 이야기는 누구에게도 하지 마시고 두 분만 알고 계셔야 합니다."

유원당과 조관수의 표정이 굳어졌다.

"알겠네. 말해 보게."

북궁천은 두 사람에게 진실을 말해 주었다.

두 사람은 그의 말을 들으면서 자신도 모르게 입을 점점 크게 벌렸다.

그리고 그가 말을 끝내자 깊은숨을 내쉬며 고개를 설레

설레 저었다.

"맙소사, 그런 일이 있었다니……."

"그게 사실이라면, 정말 죽일 놈이로군."

"자칫하면 연합 세력이 분열될 수도 있으니 구양우경의 개인적인 일로 끝낼 생각입니다. 그 점 잊지 마시고 신중을 기해 주십시오."

유원당이 느릿느릿 고개를 끄덕였다.

"으음, 알겠네. 자네 말도 일리가 있어. 한데 그 일이 사실로 드러나면 삼성궁이 뒤집어지겠군. 비룡가와 신도가 중 그 일을 아는 곳이 없진 않을 것이고, 그들은 기회를 놓치지 않을 테니까 말이야. 혹시 그들도 이번 일에 움직이기로 했나?"

과연 자신이 유원당을 잘못 보진 않았다.

자신의 말만 듣고도 삼성궁의 권력 향방과 연관되어 있다는 것을 단숨에 꿰뚫어 본다. 자신이 그들을 알 거라는 것까지지도.

북궁천은 어차피 말한 것, 사실대로 말해 주었다.

"비룡가가 먼저 알아냈습니다. 그들은 그들의 방식으로 이번 일에 개입하고 있습니다."

"그런데 자네는 왜 그 일에 나선 건가? 단순히 구양우경이 악한 짓을 저질렀기 때문만은 아닌 것 같은데?"

가슴이 쿡 찔린 북궁천은 유원당의 맑고 깊은 눈을 바라보며 말했다.

"그렇습니다. 솔직히 말씀드려서 협의지심 때문에 그런 것만은 아닙니다. 저에게는 그를 제거해야만 할 이유가 분명하게 있기 때문이지요."

유원당은 천천히 고개를 끄덕이며 확신에 찬 표정을 지었다.

"이제야 알겠군. 자네가 왜 만 리 길을 마다않고 여기까지 왔는지."

너무 머리가 잘 돌아가도 탈이다.

자신의 정체는 물론 목적까지 모두 알아챈 것 같다.

"제가 조용히 돌아가는 걸 원하시면 좀 도와주십시오."

유원당은 짐짓 두려워하는 척 어깨를 흠칫하며 너스레를 떨었다.

"내가 지금까지 들은 협박 중 가장 무서운 협박이군. 걱정 말게. 나도 오래 살고 싶으니까."

조관수는 그런 두 사람을 의아한 표정으로 바라보았다.

뭔가가 있긴 한데 정확한 것은 알 수가 없었다.

"나도 좀 알면 안 되나?"

유원당은 고개를 저었다.

"모르는 것이 장수에 도움이 되실 겁니다."

조관수는 고개를 모로 꼬고는 잠시 생각하더니 곧 의문을 털어 냈다.

때로는 지나친 관심이 해가 될 때가 있는 법.

알려 주지 않으려는 걸 굳이 억지로 파헤치려 할 필요는
없었다. 유원당 말대로 비밀은 적당한 선까지만 알아야 장
수에 도움이 되는 것이다.

대신 그는 화제를 돌렸다.

"자네의 말은 잘 알아들었네. 최대한 믿을 수 있는 사람
을 뽑아서 그 일에 투입하지. 그건 그렇고, 자네와 만났을
때 공격했던 자들을 궁금해한 적이 있지?"

분명 그랬었다. 그리고 이제는 북궁천도 그들이 누군지
대충 짐작하고 있었다.

"천사교 놈들 아니었습니까?"

"맞네. 바로 그놈들이었네."

"그들이 왜 백진까지 가서 조 장로님 일행을 공격한 것입
니까?"

북궁천이 정말로 궁금한 것은 바로 그것이었다.

조관수도 이제는 숨기지 않았다.

"우리가 철군성에 다녀온 이유를 알기 때문이네."

철군성이라는 말에 북궁천의 눈빛이 반짝였다.

문득 그동안 잊고 있었던 한 사람이 떠올랐다.

'그 꼬마 계집애는 잘 있는지 모르겠군. 제법 귀여웠는
데…….'

그가 공손설의 웃는 모습을 떠올리고 있을 때 조관수가
말을 이었다.

“사실 우리는 천사교를 전부터 인지하고 있었네. 뭐 우리뿐만이 아니라 다른 곳도 그랬을 거라고 생각하네만.”

알긴 했어도 준동을 하지 않아 지켜보기만 했다. 그리고 그것은 삼성궁, 천무회, 무림맹 모두가 마찬가지였을 것이었다.

“처음에는 놈들을 과소평가했다네. 그 바람에 일이 이렇게 커진 걸지도 모르지. 좌우간 놈들의 힘이 예상보다 훨씬 거대하다는 것을 알고는 맹주께서 나를 철군성에 보내셨네.”

철군성주와 백검맹주는 오래전부터 친하게 지낸 사이였다. 하기에 천사교의 준동을 계기로 암암리에 혈맹을 맺기로 한 것이다.

“그런데 놈들이 어떻게 알았는지, 그곳까지 달려와서 내가 지닌 비밀문서를 뺏으려고 했던 것이네.”

전말을 들은 북궁천은 모든 상황을 이해할 수 있었다.

“그런 일이 있었군요.”

그런데 그 때 조관수가 말했다.

“아마 그들도 곧 이곳으로 오지 않을까 싶네.”

북궁천의 눈이 커졌다.

“철군성 무사들이 온단 말입니까?”

“놈들이 공손 성주가 제일 아끼는 딸을 노렸다고 하네. 그 바람에 분노가 머리 꼭대기까지 솟구친 성주께서 고르고 고른 정예 고수를 보낼 거라 하더군.”

그제야 북궁천은 누가, 왜 공손설을 노렸는지 알 수 있었다.

'철군성까지 오면 밀릴 걱정은 하지 않아도 되겠군.'

＊　　　＊　　　＊

"이게 다 그분 덕분이야."

소동동의 입가에서는 미소가 떠나지 않았다. 밤늦도록 당과를 만드는 일이 조금도 힘들지 않았다.

앞으로도 요즘만 같았으면 원이 없을 텐데…….

그녀는 오랫동안 잊었던 꿈을 다시 꾸기 시작했다.

며칠 만에 외상을 모두 갚을 수 있는 돈을 벌었다.

내일부터 버는 돈은 순수한 이익이 될 터. 철은보의 무사님들이 이삼 일만 더 팔아 줘도 가게를 새롭게 단장하고, 그동안 함께 고생했던 사람들과 함께 행복을 맛보며 살 수 있을 것 같았다.

그리고 가게가 안정되면 착한 사람을 만나서 예쁜 아이도 나을 생각이었다.

'그분처럼 마음씨 좋은 사람을 만나야지.'

그녀는 자신에게 축복처럼 찾아온 키 큰 무사를 떠올리며 배시시 웃었다.

그러고 보니 아직 그 사람의 이름도 모르고 있지 않은가?

‘내일은 그분을 찾아봐야겠어.’

고맙다는 인사도 하고 특별히 만든 과자도 전해 주고 싶었다.

소동동은 즐거운 마음으로 자신이 만든 과자를 바구니에 곱게 담았다.

그 때 문설주에 매달린 등잔불이 갑자기 꺼질 것처럼 흔들렸다.

그녀는 무심코 고개를 돌려 등잔불을 바라보았다.

순간 뒷목이 묵직해지는가 싶더니 눈앞이 깜깜해졌다.

‘응? 왜 이러지?’

그 생각을 끝으로 의식을 잃은 그녀는 스르르 그 자리에 주저앉았다.

순간 그림자 하나가 그녀 뒤에 나타나더니 쓰러지는 그녀의 머리 위로 포대를 뒤집어씌웠다.

〈다음 권에 계속〉